: mairisch verlag

Donata Rigg

Weiße Sonntage

Roman

: mairisch verlag

[mairisch 26]
1. Auflage, 2010

www.mairisch.de

Lektorat: Daniel Beskos, Peter Reichenbach
Korrektorat: Annegret Schenkel
Umschlagfoto: Vincent Fournier | www.vincentfournier.co.uk
Autorenfoto: Juliane Henrich
Coverumsetzung: Anja Neuefeind | www.konzeptundgestaltung.de
Satz: Peter Reichenbach
Druck: Friedrich Pustet KG, Regensburg

Printed in Germany
ISBN 978-3-938539-16-3

Für L.

I

»WEISST DU«, SAGTE ALBERT, kurz nachdem ich das Geschnetzelte verspeist hatte. »Weißt du eigentlich«, sagte er und winkte dem Kellner um ein Bier. »Weißt du«, wiederholte er, »hast du eigentlich irgendeine Ahnung davon, wie es mich langweilt zu merken: Ich hab es ja sofort gesehen, in deinen Augen habe ich es gesehen, als ich dich damals aufgabelte. Ich wüsste nicht, wie ich sie sonst nennen sollte, diese Begegnung, außer meinetwegen den Beginn einer Aufgabelungsgeschichte, ganz klar: ich: aktiv. Ich nenne es so: Die Begegnung mit dir ist der Anfang einer Gesucht-gefunden-Geschichte gewesen, nur: Ich suchte und fand, wohingegen du dich nur auffinden hast lassen. Sagen wir: Du wolltest dich aufsuchen lassen, hereingeschneit aus einer Außenwelt warst du, ich habe es ja sofort an deinem Blick gesehen, dass es genau dieser Sachverhalt war, den ich in meinem Leben nicht haben wollte, doch aber immer nur so, genau so erlebt habe. In einer leisen Veränderung bei dir, poetischer vielleicht als die Male zuvor, lyrisch ausgedrückt: Herabgeweht von einem Kirschbaum warst du. In einer Tour ist mir diese Wendung durch den Kopf gegangen in jener Zeit, *von einem Kirschbaum* vor allen Dingen, als ich zu einem, also zu deinem Auffinder geworden bin. Ich habe nicht einmal die Spur eines Ehrgeizes in mir, eine treffendere Metapher zu finden für die Begegnung mit dir als: *Herabgeweht von einem Kirschbaum.*« Seine Augen waren kalt.

»Dass du noch nie«, fuhr Albert fort, »noch nie etwas gesucht hattest in deinem Leben und also auch nie etwas hattest finden können in deinem Leben, das habe ich zwar gesehen, im ersten Augenblick, als ich auf deine Stirn sah. Und es sich also natürlich schwierig gestaltete, einen Kontakt herzustellen zu dir – obwohl ich auf Recherchetour gewesen bin, ist es doch sehr kompliziert gewesen, weil ich nicht in der Lage war, professionell zu sein. Wahrscheinlich wegen *Herabgeweht von einem Kirschbaum*.«

Ich sagte: »Ihr werdet euch immer ähnlicher.«

Daraufhin Albert: »Ach was. Weißt du eigentlich, dass es genau das ist, genau das, was ich damals faszinierend gefunden habe, was mich nun so unendlich langweilt, es ist dein Hingabewille gewesen, der mich meine Recherchetour unterbrechen hat lassen für eine lange, für mich zu lange Zeit, wie ich jetzt bemerke. Es ist dein Blick gewesen, den ich entschlüsselt hatte, bevor du auch nur den Hauch einer Ahnung davon hattest, dass es mich gibt. Weißt du, wie mich das mittlerweile langweilt zu spüren, wie sehr du in den Arsch gefickt werden willst?« Sagte Albert und fing an zu lachen, laut und anhaltend, bis die Gäste den Blick zu uns wandten. Wir saßen an einem Fenstertisch. Er lachte so intensiv, bis auch andere lachten. Es kam mir vor, als ob ich ihn noch nie so tief erheitert gesehen hatte, und mir wurde schwarz vor Augen.

WIR SPRACHEN NICHT VON denselben Eltern, wenn wir von *Den Eltern* sprachen. Ihre seien gehemmt und hörig gewesen, sagte Martha bei einem unserer letzten Treffen und hielt das Gesicht in die Sonne. »Sie waren gehemmt und hörig«, hatte sie gesagt, erinnerte ich mich jetzt, als ich ihre Schublade aufzog. »Sie waren versteinert«, hatte sie gesagt und dann: »Frag nicht, Liebste, ich sage dir, ich meine versteinert, wenn ich versteinert sage. Versteinert. Im Gefühl.« Sie hatte das bei dem Treffen gesagt, von dem sich heute Abend herausstellte, dass es unser letztes gewesen war. Wir hatten einen Uferspaziergang gemacht. Sie war vor mir her marschiert, die Promenade entlang, einen ihrer Soldaten nachahmend: einszwei. Einen Fuß hat sie vor den anderen gesetzt, einszwei, dachte ich. Eine Marionette war sie und: hinter dem Horizont die Sonne, die Sonne lag hinter dem Horizont. Als sie in die, einszwei, Strahlen der Abendsonne hineintrat, die zwischen den Platanen hindurchschimmerten. Es war Platz gewesen im langen Schatten, den Martha warf. Lange habe ich mich in ihm aufgehalten bei diesem Treffen, dachte ich, dieses Treffen, von dem sich nun herausstellt, dass es unser letztes gewesen ist, so sind wir gegangen: sie vorneweg, Schatten werfend. Ich hinterher, dachte ich und blickte in ihre Nachtkastenschublade: Ich, wie immer, in ihren Schatten, die sie wie Puppenfäden hinter sich her zog, wie immer, eine Puppe ist sie, angefädelt, und: die Platanen die Windmühlen.

NACHDEM ICH ERFAHREN HATTE, dass es geschehen war, hatte ich Albert angerufen und: »Sie ist tot«, in den Hörer gesagt. »Sie haben ihr den Garaus gemacht«, hatte ich gerufen. »Sie haben es geschafft, dass sie sich das Leben nimmt«, hatte ich geschrien, so laut, dass mir beim Auflegen das Ohr gesurrt hatte. Ich hatte meine Handtasche genommen, die Wohnungstür zugezogen, war durch das Treppenhaus auf die Straße gegangen und von der Straße in die Straßenbahn. Ich hatte im hinteren Wagen eine Fahrkarte gekauft, die Münzen passend, und mich schnell setzen können, ohne auf das Restgeld warten zu müssen. Wahrscheinlich wäre ich gefallen, wenn ich mich beim Anfahren der Bahn hätte ausbalancieren müssen, dachte ich, als ich mich mit dem Rücken gegen Albert lehnte. Aber ich habe mich schnell setzen können, dachte ich. Ich hatte auf die Haltestellen gehorcht, auf die Stimme aus der Durchsage gewartet, angefangen sie mir herbeizuwünschen, an jeder Haltestelle: die Stimme, die das Surren in meinem Ohr überdeckte. Ich war aus der Straßenbahn ausgestiegen, hatte den Blick zu dem Gebäude, das vor mir lag, gehoben, war in das Gebäude hineingegangen und auf den Schalter zu, hatte mich angestellt, den schuppigen Scheitel meines Vordermanns angeschaut, gedacht: Bahnhof. Ich hatte den Zug erreicht, mir einen Fensterplatz gesucht, zuerst Berlin, dann die Landschaft an mir vorbeiziehen lassen. Ich hatte die Augen geschlossen, mir die Körperöffnungen einiger Menschen vorgestellt, das Surren im Ohr als Musik benutzt, und als der Schaffner nach meinem Ticket verlangt und ich es ihm entgegengehalten hatte, war mein Blick auf die Handtasche gefallen, ja, meine Handtasche war es gewesen, und ich hatte plötzlich gedacht: Martha ist tot.

ICH HABE VIELE REISEN unternommen mit ihm, dachte ich an dem Abend, der auf das Aufziehen ihrer Nachtkastenschublade folgte. Sehr viel sind wir zusammen unterwegs gewesen, Albert und ich. Ich winkte den Wirt um noch ein Glas. »Wir haben uns in den Wagen gesetzt«, sagte ich, »du fuhrst, ich auf dem Beifahrersitz. Ich kann mich nicht erinnern, dass ich jemals gefahren wäre. Du fuhrst also, und ich beobachtete deine miese Laune aus angemessener Distanz, achtete ein wenig mit auf den Verkehr, obwohl ich deinem Stil im Grunde immer vertraute. Trotzdem hatte ich etwas mit im Blick. Vielleicht beschreibt uns das am treffendsten, und wir müssen uns nicht die Augen aus dem Kopf heulen, ein Leben lang. Sobald wir die Stadtgrenze passiert hatten, wurde es besser, ja, es konnte dir nie schnell genug gehen, aus Berlin rauszukommen«, sagte ich und ließ seine Hand los, »und das ist auch verständlich. Ich frage mich nur: Waren es gemeinsame

Reisen, die wir gemacht haben? Benommen haben wir uns jedenfalls so. Oder ich«, fügte ich hinzu und blickte durch die Schlieren auf den Boden meines Glases. »Ich bezweifle, dass wir denselben Ausgangspunkt hatten, vom Ziel der Sache ganz zu schweigen. Ich rede nur von mir. Ich mache dir keine Vorwürfe. Ich bin es gewesen, die nicht ehrlich war. Ich spürte schon während der Autofahrten, Flüge, Schifffahrten: Ich strengte mich an, mit dir zu reisen. Ob das ein Trennungsgrund ist, liegt in meinem Ermessen. Ich benahm mich und hielt mich an deinen blauen Augen fest, kontrollierte mit dir den Straßenverkehr. Das sind die Fahrten nach Dresden gewesen. Diese Autofahrten. Ich habe sie geliebt, allein: Wir waren nicht miteinander unterwegs.«

Dieses Blau, dachte ich noch, blickte Albert ins Gesicht und bestellte ihm ein Bier. Ein stechendes Blau, dachte ich, das erst dann wieder milde wurde, wenn vor uns die Elbe auftauchte und die Stadt mit ihrem Panorama, das ich mir sofort und immer in den Kopf stanzte, als gelte es Abschied zu nehmen, und es bestätigt sich also, dachte ich und nahm einen Schluck Wein. Es folgt einer unausweichlichen Logik, dass die Tränen, die mir jedes Mal kamen, wenn das Dresdner Tabakkontor mein Blickfeld erreichte, ich saß neben Albert im Auto: dass die Yenidze-Tränen um uns Bescheid wussten.

»ICH WILL HEIM«, HATTE sie gesagt und das Gesicht in die Abendsonne gehalten, »aber ich habe keines.« Ihre Nase glänzte unter den Strahlen. »Deswegen bin ich hier, mit dir«, hatte sie gesagt und ihre Schritte verlangsamt auf dem Asphalt der Promenade, der über den Platanenwurzeln Blasen schlug. »Ha«, rief sie und zeigte mit einem langen Finger auf den Boden an ihren Füßen. »Es ist zum Kugeln, nicht wahr, Liebste, sieh doch, schau doch hin, Schwester«, rief sie und packte mich am Arm, »zum Schreien komisch ist das, was? Gott brät seinen Pfannkuchen mit uns«, rief sie und begann, hin und her zu wiegen, »damit wir uns auf seinen Blasen vertanzen und uns kaputtlachen.«

Das Letzte hat sie dann geflüstert, dachte ich und suchte auf der Karte nach einem Geschnetzelten. Etwas Salziges jetzt, bevor ich ganz betrunken werde, dachte ich und überlegte, ob es richtig gewesen war, die Pistole, die ich zuvor an diesem Abend in ihrer Nachtkastenschublade gefunden hatte, an mich zu nehmen, um Albert, später, zu überraschen. »Damit wir uns regelrecht totlachen, meine Süße.« Von Mund zu Ohr hatte sie das geflüstert. »Lass uns tanzen jetzt, einen Walzer, auf der Stelle, wie witzig ist das denn, merkst du es, das alles, todwitzig«, hatte sie gesagt, »nicht?«

Paar, heimatlos unter Bäumen, tanzend, dachte ich und fuhr mit dem Finger die Speisekarte entlang, fand ein Schweinegeschnetzeltes. Der Wirt kam an den Tisch und fragte mich, ob ich etwas essen wolle, und ich antwortete, es war der Abend, der auf das Aufziehen von Marthas Nachtkastenschublade folgte, ich sagte: »Deswegen bin ich hier.«

»ES HAT MIT DIESEM Montag angefangen«, sagte Albert und rückte sich den Stuhl zum Sitzen zurecht, »mit dem Montag, von dem sie behauptet hat, er sei hellgrün gewesen. Erinnerst du dich«, sagte er, als ich mir ein Stück Fleisch aufs Besteck schob.

»Ich erinnere mich«, sagte ich und ließ die Gabel sinken. »Sie hat mich angerufen und gesagt: ›Sie haben mir meine Zeit gestohlen, und der Hund wird in der Pfanne verrückt. Ich weiß nicht, ob es die von der Regierung gewesen sind oder die im Radio oder die beim Gericht. Ich will mir einen Tee aufbrühen, doch ich lasse mir ein Bad ein. Ich möchte ein Schaumbad dazugeben, aber ich setze mich aufs Klo. Ich möchte mir den Hintern abwischen, doch es kommt, dass ich aus dem Fenster steige. Ich will in mein Haus zurück, aber ich denke nicht an die Tür, die Tür, die immer offen steht, ich gehe nicht um das Haus herum und gehe durch die Tür. Ich gehe nicht durch die Tür. Ich steige nicht zurück durch das Fenster, aus dem ich gerade hinausgestiegen bin, sondern nehme einen Stein, den ich vor meinen Füßen finde, ich bücke mich und nehme den Stein, ich sehe ein Fenster. Das ist das Stubenfenster, denke ich dann und hole aus und denke mich in den Stein hinein und werfe ihn mit aller Kraft, die ich aufbringen kann, und höre das Klirren des Stubenfensters, und es fällt mir mein erster hoher Ton ein, den ich auf der Geige spielen konnte, das Gis ist es gewesen, Mittelfinger weit vom Zeigefinger, hat die Lehrerin gesagt, die ich immer verachtet habe wegen ihrer überkronten Schneidezähne, widerlich habe ich sie gefunden. An ihr hat es gelegen, dass ich meine Geige nie habe mit einer Seele füllen können.

Ich stimme das Gis an, und da fällt eine Schwalbenschar über den Hof ein. Es ist nicht gewittrig, und sie fliegen ihre Schlaufen hoch. Der Hof ist ein venezianischer Platz, und schon höre ich meine Schritte auf dem Marmor. Ich möchte mir einen der Vögel als Freund aussuchen und gehe die Schritte ab, um mir aus größerem Abstand einen guten Überblick über die Schar verschaffen zu können, aber als ich den Blick hebe und versuche, einen Vogel zu fixieren, erstarrt, augenblicklich, der gesamte Schwarm. Für eine kleine Sekunde hängen die Vögel in der Luft, regungslos, ich schalte und renne los, ich weiß, wo die Tür ist, die Haustür, die immer offen steht, doch bevor ich sie erreichen kann, bevor ich Schutz finden kann unter den Decken des Hauses, dessen Tür immer offen steht, noch ehe ich das Wasser aufsetzen kann, den losen Tee in ein Teesieb schütten, auf den Wasserkessel warten und hören, durch ein leises Pfeifen hören kann, dass es nun Zeit ist, den Herd abzustellen, den Kessel von der Platte zu nehmen und das heiße Wasser über die losen Blätter zu gießen. Ehe ich diese Vorgänge durchführen kann, stehe ich schon in einem Regen von toten Vögeln und lege mich in die Wanne. Ich will mich abtrocknen, aber ich setze mich an den Küchentisch. Ich stecke den Fön ein, um das Eckbankpolster zu trocknen, aber da bellt mich der Hund aus der Pfanne an. Ich will den Hund aus dem Haus werfen, aber er bricht sich das Genick, als er gegen die verschlossene Tür prallt. Mausetot liegt er auf dem Fußabstreifer, und ich wundere mich, was der im Haus zu suchen hat. Ich drehe das Radio auf, sie sind bei der Wettervorhersage, morgen ist Dienstag, denke ich dann, und heute Montag, ruf deine Schwester an, denke ich, aber ich gehe an den Kleiderschrank. Ich möchte mich anziehen, doch ich hole die Socken aus dem Gefrierfach. Erschöpft lasse ich mich auf die Eckbank sinken. Da höre ich vom Kopfende des Tisches jemanden fragen: Wollten wir nicht einen Tee trinken? Ich entschließe mich zu einem Schlaf. Ich entschließe mich zu einem Getränk. Ich entschließe mich zu einem Essen. Ich entschließe mich, nicht zu essen. Ich entschließe mich zu einer Lektüre. Ich entschließe mich zu einer Verführung. Ich entschließe mich zu keinem Geschlechtsverkehr. Das ist, was mich betrifft, alles, was ich sagen kann.‹«

»Das war einer ihrer Anfälle, letzten Winter«, sagte ich und zerschnitt ein Stück Fleisch. »Ruf dir den Glaser, dass er dir die Scheibe repariert, habe ich ihr gesagt«, sagte ich, als ich das Besteck quer legte und den Teller von mir schob. »Da hätte ich bereits schalten müssen.«

»DU TRINKST ZU VIEL«, sagte Albert an dem Abend, der auf das Aufziehen von Marthas Nachtkastenschublade folgte. »In einer Tour ziehst du dir die Rübe zu.«

»Ich erinnere mich«, sagte ich und ließ mein langstieliges Glas zwischen den Fingern kreisen.

»In einer Tour«, sagte Albert.

»Ich erinnere mich«, sagte ich, und wie ich mein Gesicht sah.

»Dicht«, sagte er, »in einer Tour«, mein Gesicht, das sich in der Wölbung des Bauches des Langstieligen spiegelte. Verzerrt, dachte ich, und Albert rief, ich sei immerzu dicht. Begann ich mich im Spiegelbild meines Weinglases zu betrachten, während Albert sich hineinsteigerte, so habe ich es empfunden an diesem Abend im Wirtshaus, dass er sich hineinsteigerte. Dabei war schon alles zu spät. Ich hatte bereits in ihre Nachtkastenschublade hineingeschaut, bevor Albert begann, sich in die Ursprünge meines Trinkens, so nannte er es, »die Ursprünge deiner Trinkerlaufbahn«, sagte er, vorzuarbeiten, und während er sich weiter hineinsteigerte in das, was ich immer *Die Lust an der Umnebelung* genannt hatte, sagte ich: »Ich erinnere mich.« Und schwenkte mein Weinglas in den Fingern und betrachtete mein Gesicht im Glasbauch und dachte an das Gesicht meiner Kindheit, wie es mir aus unseren Christbaumkugeln entgegengekommen war, und ich dachte daran, wie ich tagelang, bis Heiligdreikönig, unter den Kugeln gelegen und mich beobachtet hatte, vom Fünfundzwanzigsten morgens bis in das neue Jahr hinein, dachte ich und legte das Weinglas schräg, erst wenn die Sternsinger an der Tür geläutet haben: *Guten Abend in diesem Haus*, dachte ich, habe ich mich von meinem Christbaumkugelgesicht lösen können und mich zu den anderen getrollt, *Guten Abend,* und plötzlich überkam mich eine Kälte in diesem Wirtshaus, an diesem Tisch, an diesem Glas, und ich blieb sitzen vor meinem durch meine Finger schräg gelegten Glas und starrte in das verzerrte Gesicht und sagte: »Kugeln, in denen etwas geschieht«, und wandte den Blick zu Albert und stellte das Glas ab, und Albert hielt inne, stand auf und schaute mich an.

»IN DER ZEITUNG HEISST es, die Frau habe sich vor den Zug gelegt«, hatte Martha gesagt.

Gelegt, dachte ich, nicht gestürzt, als ich vor dem Nachtkasten in ihrem Schlafzimmer stand.

»Es ist nicht so gewesen«, hatte Martha am anderen Ende der Leitung gesagt, »dass sie auf den letzten Zug aus Stuttgart gewartet hätte, um sich zu stürzen. Sie hat sich, bevor sie den Luftzug gespürt hat, der in den Gleisschacht streicht, sobald sich ein Zug aus der Stadt nähert, auf die Schienen gelegt. Sie ist nicht auf Kollision aus gewesen«, hatte sie nach einer kurzen Pause angefügt.

»Vielmehr«, hatte sie fortgefahren, »wird es folgendermaßen gewesen sein: Sie wird auf dem Bahnsteig gestanden haben, zu dieser Uhrzeit leer. Leer wie eine Sonntagsminute«, hatte sie gesagt.

»Sie wird mit dem Finger den Fahrplan abgefahren sein, gesehen haben, wann es so weit ist, dass der letzte Zug aus der Stadt einfährt«, hatte sie gesagt. »Sie wird die Vögel gesehen haben, frühe Schwalben, wie sie unter dem Dach des Bahnhofshauses mit dem Nest beschäftigt gewesen sind. Dann wird sie sich zu einem letzten Spaziergang aufgemacht haben, später zurückgekehrt sein. Sie wird die Kante zum Gleis hinuntergeklettert sein und sich mit dem Genick auf die Schienen gelegt haben. Gelegt«, hatte sie wiederholt.

Ich habe sie in der Zeitung blättern hören, dachte ich, setzte mich auf ihr Bett und ließ mir ihren Sermon in den Schädel prasseln: »Nicht gestürzt, der Schienenstahl wird ihr den Hals gekühlt haben, während sie den Blick in den Nachthimmel gemieden haben wird, sie wird ihre Handtasche fest am Körper gehabt und gedacht haben: Wie weich die Aprikosen immer sind, wenn ich sie selbst vom Baum nehme, dabei hatten wir Mai: jenseits jeglicher Ernte. So ist sie auch gefunden worden, mit sauber abgetrenntem Kopf, ich sage: Hut ab, der Kopf einer Gelegten, am Rumpf die Handtasche. Man könnte sie nebeneinander aufreihen, ihre Einzelteile«, hatte Martha weitergesponnen, als ich zum ersten Mal Befürchtungen gehabt hatte, bei diesem Telefonat, währenddessen auch ich gesponnen hatte, indem ich gedacht hatte: Und es wäre ein Kopf, ein Rumpf, eine Handtasche, schwarz, aus Leder. Daneben lägen ein Angelschein (Martha), ein Führerschein (Martha), eine Eurochequekarte (Martha), ein Schlüssel, vermutlich für Pkw.

Mehr als in Sorge darüber, wie weit sie schon gewesen ist, dachte ich, griff in die Nachtkastenschublade, nahm den Brief heraus, ihre Stimme im Ohr: »Und Bargeld, zweiundfünfzig Euro sechs werden auch da gelegen haben, in Scheinen und Münzen.«

Mehr als in Sorge um Martha, dachte ich, ließ mich auf ihr Bett sinken. Hatte mich dieses Telefonat sehr angestrengt. Ich hatte einfach aufgelegt.

Ich legte mich auf den Rücken, den Brief neben mich: Nun ist es heraus, dachte ich noch, bevor ich wegnickte. Nun ist es heraus: Sie hat es einfach jemandem gleichgetan, so einfach, Martha, du hast dich auf die Schienen gelegt wie diese Frau, Martha, wie diese Frau dieser Gegend, im Mai, einen Monat vor dir. Du wolltest doch immer etwas Besonderes sein.

KURZ DARAUF BETRAT ICH die Küche. Albert stand am Herd und kochte Tee, sah auf, mich an. Heute Nachmittag waren wir hier angekommen, nach neun Stunden Fahrt. Wir hatten das Haus betreten, in dem ich groß geworden war, das Haus, das Martha bis zuletzt bewohnt hatte. Gleich war ich in den ersten Stock, in ihr Schlafzimmer gegangen, hatte Schränke und Fenster geöffnet, Schubladen aufgezogen. Ich lehnte mich an den Küchentisch. Ich trug ihre Unterwäsche, eine zweiteilige schwarze Spitze, die mir zu groß war. Die ich aus ihrem Nachtkasten gefischt hatte. Die trug ich und ein offenes Gesicht. Als Albert lächelte und ich es darauf ankommen lassen wollte.

»Dass ich nicht vergesse, wo ich her bin«, sagte ich, klopfte auf den Küchentisch, rückte meinen Hintern zurecht, öffnete den Verschluss und die Beine. Als Albert den Herd abstellte, die Hose öffnete, sich an mich klemmte. Als ich es hätte darauf ankommen lassen, mir anzusehen, was es mit mir angestellt hätte, ich wusste: Ohne mich komme ich nicht davon. Wir fickten sehr lange und sehr gut auf diesem Küchentisch, wir fickten uns durch den ganzen Topos hindurch.

»Aber«, sagte ich später, als wir im Wirtshaus saßen, »ich habe das Tier nicht zum Stoppen bringen können, Albert.«

Er ließ den Kopf hängen.

Ich wählte, darüber hinwegzureden

2

MARTHA UND ICH WURDEN am selben Tag geboren, im selben Krankenhaus, zur selben Stunde. Wir wurden von derselben Mutter entbunden, von derselben Hebamme geholt, vom selben Arzt begutachtet. Ich kam fünf Minuten später. Die Eltern vermieden es zunächst, daraus eine Legende zu machen oder auf unsere Charaktere zu schließen, aber dann musste Martha in den Brutkasten. Weil ich sie so früh schon vermissen musste, entstand der Eindruck, ich hätte ein melancholisches Temperament. Das war falsch, ein verfrühter Rückschluss. Aber Menschen halten sich gern an Erscheinungen fest, Eltern im Besonderen, und weil Martha, wenn sie wach war, versuchte, über die Glasscheibe zu mir herüberzukrähen, ich dagegen keinen Mucks tat und nur zu ihr hinüberschaute, schöpften die Eltern daraus phänotypisch die Erkenntnis, dass Martha *Die Verruckte* sei, stark und eigenwillig, ich hingegen: *Das Empfindsame,* mehr schauend als sich artikulierend. Man machte mich zum Mädchen und Martha sofort als Charakter erkennbar. Das ist etwas, was sich dann durchzog bis zu unserem, schließlich zu ihrem Ende: meine fehlende Signifikanz oder das, wofür ich mich hielt: ein Wesen mit wenig kenntlichen Formen, etwas schwach in der Durchschlagskraft. Eine Kugel, die nicht aus der Mündung will. Dabei war sie es, die ohne Zusatzwärme nicht überlebt hätte.

»ICH WILL DIE APRIKOSEN selber pflücken«, hatte sie gesagt und meine an den Zweig langende Hand geohrfeigt. »Ich bin in der Mitte von dreien«, hatte sie gesagt und gelacht: »Deshalb die Waghalsigkeit.«

»Ewig musst du zitieren«, hatte ich geantwortet.

Sie war auf die Handflächen gestiegen, die ich ihr bei diesem letzten Treffen hingehalten hatte. Immer hat sie meine verkreuzten Finger benutzt, um vom Boden wegzukommen, dachte ich, als ich ihre Nachtkastenschublade aufzog, und auf den Aprikosenbaum zu klettern. »Baum«, hatte sie gerufen und sich in einer Astgabel platziert. »Garten Eden«, hatte sie gesagt und begonnen, die Zweige abzuernten, deren schräge Schatten mich am Boden vergittert hatten.

Ich habe lange auf sie gewartet bei unserem letzten Treffen, dachte ich und zog die Schublade weiter auf. Vergittert, am Boden stehend, auf Martha wartend. Bis sie angefangen hatte, mit den grünen, harten Aprikosen nach mir zu werfen. Die erste hatte mich an der Schulter getroffen, eine weitere am Hals, und als sie mir mit einer der nächsten auf die Stirn gezielt hatte, hatte ich mich in Bewegung gesetzt.

Ganz ruhig bin ich gegangen, dachte ich. Hatte mich vor den Baumstamm gestellt, während sie eine Kugel nach der anderen auf mich abgefeuert hatte. Ich hatte nach ihrem baumelnden Knöchel gegriffen. Mit beiden Händen hatte ich ihn gepackt und mich in mein volles Gewicht gehängt. Ich hatte meine freien Füße den Stamm hinaufbewegt, begonnen zu wippen. Keinen Mucks hat sie gemacht, dachte ich, als sie befürchtete, ihre königliche Astposition aufgeben zu müssen. Ich hatte ein Vergnügen empfunden, wie ich ihren Körper sich lösen fühlte, ihr Gewicht langsam auf meines rutschen merkte, mich auf den Augenblick konzentriert, in dem mir ihre Hüfte auf Augenhöhe kam, und als es so weit gewesen war: Kurz vor dem Moment des gemeinsamen Sturzes, dachte ich, habe ich den Mund aufgemacht und sie in die Hüfte gebissen.

ES GAB KEINEN ZWEIFEL daran, und so stand es auch in der Zeitung. Ich breitete den Lokalteil des regionalen Blattes auf ihrem Bett aus, um ihre Informationen zu prüfen.

Seit meinem letzten Besuch hatten sie den Schriftsatz verändert. Ich fand die Meldung unterhalb eines Artikels über den Niederschlag der Benzinpreiserhöhung auf die Gegend. *Tod am Sonntag* hieß es, und: *Abscheuliche Marienschändung* in der ersten Zeile. Ich entschied mich für das Wort *abscheulich* und strich es an. Dass es leuchte. Mir in die Augen strahle und mir nicht aus der Erinnerung gehe. Ich es nachtippen könne in derselben Schriftart oder in einer anderen, an einem anderen Ort in jedem Fall. Dass es bleibe, wenn nicht in diesem Augenblick, anderntags jedenfalls, im Gehirn, oder nächste Woche, auf jeden Fall. Ich strich es an. Dass es sich halte für jetzt und vorgestern, dachte ich. Ein Leben lang jedenfalls im nächsten Leben.

Es besteht kein Zweifel. Es war Marthas Stimme, die sprach: »Ihre Wahl ist unmissverständlich, schrieben sie, ein Akt der Verzweiflung, heißt es, Betty B. hat im Affekt gehandelt, aber sie hat ihre Heimat geliebt und ihr ganzes Leben nicht verlassen.«

Ich strich die folgenden Worte alle an: «Sie hat eine unmissverständliche, aber unbegreifbare Entscheidung getroffen. Freiwillig zu gehen nämlich«, hatte Martha gesagt, »unbegreifbar für die, von denen ich nicht weiß, wer sie sind. Die vom Radio wahrscheinlich«, hatte sie gesagt, als sie mir, telefonisch, den Inhalt dieses Artikels mitgeteilt hatte. Den ich jetzt durchlas, um ihr nahe zu sein: Jetzt und in der Stunde, dachte ich und ließ den Stift sinken. Und für alle Tage meines Lebens.

AM ABEND, DER AUF das Aufziehen ihrer Nachtkastenschublade folgte, sagte er, es stünde nicht zur Debatte. Ich war ihm ins Wirtshaus hinterhergegangen.

»Es geht nicht um die Tatsache«, sagte Albert. Wir hatten es hinter uns: Das letzte Mal. »Es geht nicht um die Verzweiflung«, sagte er. »Auch nicht um den Grad der Labilität und ebenso wenig um die große Fantasie. Es stellt sich allein die Frage nach der Entscheidung für diese und keine andere Todesart, und die Frage muss gestellt werden dürfen. Die Frage nach dem Zusammenhang zwischen Landstrich und Selbstmordart, meine ich. Ich meine«, sagte Albert, »die Frage nach einem Landstrich der Sich-auf-die-Schienen-Leger muss gestellt werden dürfen.« Die Kartenspieler sahen zu uns herüber. »Mag sein«, sagte Albert, »dass es der Mischwald ist, drüben, oberhalb von Sankt Nikolaus, wo«, und ich schob mir ein Stück Fleisch auf die Gabel, »wo sie im Herbst Pilze suchen und mit leeren Körben nach Hause kommen. Mag sein, es ist der Wind, der vom Gebirge am Horizont herunterfällt, warm fällt er ins Tal, dann hierher an den See, und, kaum, dass ein Krokus den Kopf streckt, haben sie schon eine Hitze hier. Die Narben brennen, der Kopf mag platzen, aber es sind nur die Suppenschüsseln in den hiesigen Küchen, die springen und einen Tanz aufführen auf den versiegelten Fußböden, in den restaurierten Bauernhäusern, in den therapierten Köpfen, und es gibt eine Hitze. Einer der wenigen Bauern köpft seine letzte Henne. Während er sie mit den Gichtfingern rupft, schimpft er auf das bürgerlich Zugezogene, und er haut das Huhn samt der Füße in den Kochtopf, setzt sich an den Küchentisch, zieht eine Mütze über den Kopf gegen die Hitze. Er trommelt mit den Fäusten auf den Tisch, seine Frau fällt ihm ein, tot, tot«, sagte Albert. »Tot ist sie schon seit Zeitenwenden.«

»Steiger dich bitte nicht so hinein«, sagte ich.

»Er geht in den Speicher«, fuhr Albert fort. »Er wühlt in den Kisten nach dem Zopf seiner Frau. Er findet ihn nicht. Er rückt sich einen Stuhl zurecht, befestigt ein Seil am Holz, bekreuzigt sich eilig und stürzt sich in die Schlinge, während unten die Henne im Topf köchelt. Er muss ein paarmal sein ganzes Gewicht nachfedern lassen«, sagte er, »ehe ihm sein Nacken bricht, endlich, und ihm die Hitze aus dem Schädel weicht, die hergewehte Gebirgshitze, für immer«, sagte Albert, und ich kratzte mit dem Messer nach der Sahne, »für immer, verflucht, es ist der Strick, es muss einen Zusammenhang geben, meine ich, die Hitze und ... «

Ich schob den Teller beiseite. Ich sah Albert an. Ich hielt ihm die Hand, weil er weinte.

NATÜRLICH WAR ICH DIEJENIGE, der der Strauß in die Hände fiel. Kurz zuvor noch hatte ich das weiße Kleid der Braut vor Augen gehabt, ihren Rücken. Ich hatte sie ausholen, die Blumen loslassen sehen. Das Gebinde segelte in hohem Bogen über die Frauenköpfe hinweg, flatterte schmeichelnd auf mich zu. Ich bewegte mich nicht vom Fleck. Hoffte, der Strauß würde, durch Gottes Hand, seine Richtung ändern. Etwas war auf mich abgefeuert worden. Ich drehte die Handflächen nach oben und krümmte die Finger ein wenig. Von Fangen konnte keine Rede sein. Der Brautstrauß gedieh sich mir an. Die Frauen, die Familien kreischten. Vor Freude, wie ich annahm. Ich schaute auf die Blumen in meinen Händen, sah zu Albert, der, in ausreichender Entfernung, vor einem der Saalfenster stand. Ich sah ihn so lange an, bis alle sehen konnten, dass ich mit den Tränen kämpfte. Ich spürte den festen Griff einer Frauenhand an meinem Unterarm. Das beruhigte mich. Ich wusste: Wir sind auf einer Hochzeit. Ich wusste: Es ist nicht unsere Hochzeit. Ich wusste: Wir haben gegessen. Nun werden wir tanzen. Wir werden trinken und rauchen. Wir werden lachen, nicht weinen. Wir werden uns um die Braut kümmern, wenn sie sentimental wird. Ich werde das tun und du: die Männer bei Laune halten. Ich wusste: Wir sind in einem Gasthaus, irgendwo in der Dresdner Heide. Ich halte den Strauß. Ich bin nicht bei dir. Die Welt hat es auf mich abgesehen.

DIE ELTERN VERLIEBTEN SICH, unüblich, über Kreuz. Unüblich deswegen, weil der Vater nicht Martha vorzog, obwohl sie die Ältere war, über Kreuz deshalb, weil Mutters Augenstern nicht ich, sondern Martha war und sie so die Symmetrie Vater/Mutter/Erstgeborenes/Kleines verdrehten, die Beziehungslinien übereinanderlegten. Im Allgemeinen laufen sie parallel.
Als Martha dann noch Gelbsucht bekam, drängte es die Mutter völlig zu ihr. Da ich nichts tun konnte, fing ich an zu betrachten. Ich wurde aus dem gemeinsamen Zimmer mit nach Hause genommen. Mein erstes Zimmer wurde ein Krankenzimmer, weil Martha zurückblieb. So blieb es immer: Wo ich nicht war, war Krankheit. Was nicht bedeutet, dass meine Anwesenheit Gesundheit bedeutete, obwohl der Sachverhalt der abendländischen Logik entspricht. Sagen wir: Wo ich hinkam, war nicht Krankheit. Voilà, Aristoteles. Nach einigen Wochen machten unsere Augen Anstalten, verschiedene Farben anzunehmen. Da ich immer wartend im Bett lag, weil ich grundsätzlich zuerst gestillt wurde, damit die Mutter das Intermezzo mit Martha beliebig lang gestalten konnte, erinnere ich mich genau, es muss kurz vor unserer Taufe gewesen

sein: Martha und ich lagen, nachdem wir gegessen hatten, nebeneinander. Dass ich nicht schlief, obwohl ich gegessen hatte, war nichts Besonderes, aber Martha, deren regelmäßige Atemzüge ich gewohnt war, sobald sie sich neben mich legte, schlief heute auch nicht, sie drehte sich zu mir, hob die Hand und stach mir mit dem Zeigefinger ins Auge. Ich wollte heulen, aber da deutete sie auf ihr rechtes Auge. Als ich näher hinsah, fiel mir auf, dass beide ihrer Augen nicht mehr grau waren, sondern ein tiefes, unberechenbares Blau zeigten. Nach einer kurzen Stille der Erkenntnis fingen wir an zu lachen, schüttelten uns dann bis zur Erschöpfung. Ich glaube, es war das erste Mal, dass ich vor Martha einschlief. Das kam lange Zeit später wieder. Als ich Tage danach auf dem Arm des Vaters lag, seine Augen braun auf mich herunterlächelten, waren nicht nur die ersten Lieben besiegelt, sondern feierten Martha und ich unsere erste hübsche Privatparty, nämlich die Du-blau-ich-braun-und-umgekehrt-Party, während der Rest der Welt uns auf den Armen hielt, Wasser über unsere Köpfe gegossen und die Mantras über uns hinweg gesagt wurden: dadadadadadadada. Wir aber, die Kopffüßlerphase überspringend, verflüchtigten uns mit offener Blende in die spitzen Bögen von Sankt Nikolaus. Als hätten wir fliegen können.

»ALLE TAGE MEINES LEBENS«, rief ich und stützte mich mit der Stirn auf Alberts Schulter. Wir standen auf einem Tisch im Seegasthof meines Heimatorts. Wir ließen uns dabei zusehen, wie wir auseinandergingen, die glotzenden Kartenspieler: die Zeugen unserer sagenhaften Vermählung, und dann kam der Wirt an den Tisch.

»Dürfte ich bitten.«

Und wir gehorchten und stiegen ab, und ich legte mich

ab und das, was ich immer *Ich* genannt hatte mit hinein in den Sarg, der nun Martha hieß und für immer Martha heißen würde. Und zum ersten Mal seit Jahren spürte ich eine Erleichterung, obwohl alles, dem ich mich gegenübersah, sehr hart war. Wir hatten uns noch einmal getroffen.

»WIR HABEN VIELE REISEN unternommen, du und ich«, sagte ich, als wir wieder am Tisch saßen. »Wenn es nicht das Auto gewesen ist, das uns von Berlin nach Dresden gebracht hat, sind wir ins Flugzeug gestiegen, das uns über deinen Osten oder über meinen Westen, je nachdem«, sagte ich, als ich: »übers Meer in ein anderes Land geflogen hat, du auf dem Fensterplatz und ich am Gang, und jedes Mal hast du gesagt: ›Wir fahren mit dem Flieger wo hin‹ und hast gelacht und auf die Wolken gesehen und hast geschlafen und Zeitung gelesen und Kaffee getrunken und gejuchzt, während wir im Warten auf die Landung Kreise drehten«, sagte ich, als ich dem Wirt um eine weitere Runde winkte, um zu sehen, ob er es erlauben würde. »Und hast mir meinen Koffer vom Fließband gehoben: ›Voilà, Madame‹, die Nase in den Wind gestreckt, wenn wir im Freien waren, uns ein Taxi besetzt. Selbst wenn der Andrang groß war, sind wir immer die Ersten gewesen, die einen Wagen bekommen haben. Du hast ein Taxi besetzt, darauf konnte ich mich blind verlassen, sagte ich, und auch an diesem Tag, es ist Silvester gewesen, Silvester 2001. Wir sind vom Flughafen im Taxi über einen Umweg in eine Sauna gefahren, in die wir uns hineingesetzt haben, du zu den Männern, ich zu den Frauen. Dabei habe ich es umgekehrt empfunden«, sagte ich. »Albert, ich habe gedacht, du gehörtest zu den Frauen und ich zu den Männern. Es spielt ja keine Rolle mehr. Wir haben uns vom Flughafen zu Freunden kutschieren lassen und von den Freunden in die Sauna eines anderen Freundes, von dem wir noch nicht, also: während unseres Besuches, noch nicht gewusst haben, wie schnell es mit ihm zu Ende gegangen sein würde zwei Wochen später. Samuli«, setzte ich nach und: »Das konnten wir nicht wissen und auch nicht, dass es noch am gleichen Tag einen Anruf gegeben haben würde. Eine Frau würde in Deutschland den Hörer gehoben, die Nummer von Samulis Hütte gewählt und mich zu sprechen verlangt haben. Es war Martha«, sagte ich, als der Wirt uns die nächste Runde brachte. Ich sagte: »Martha hat in dieser Hütte angerufen, ich war gerade aus der Sauna gekommen. Es war Silvester 2001, als in Finnland das Telefon klingelte und ich, wie immer, ihr Hafen wurde, wie immer«, wiederholte ich, »von dem aus sie schwamm, lief oder flog, in jedem Fall: von dem aus sie ihre Drohungen loswerden konnte: ›Ich bringe mich um‹, oder ähnliches.«

»Ja«, erwiderte Albert, »wahrscheinlich war ihr zu diesem Zeitpunkt schon der Verstand explodiert. Weiß der Teufel, wie sie deine Nummer herausbekommen hat.«

AN DEM TAG, ALS ich mich unerreichbar gemacht habe, telefonisch, dachte ich und griff nach der schwarzen Spitze. Ich stand vor ihrem Bett, starrte auf die offene Schublade ihres Nachtkastens. Wird Martha das Haus verlassen haben, dachte ich, die Tür geschlossen, ihren Wagen aufgesperrt, den Motor gestartet, das Gartentor geöffnet, den Wagen auf dem Gehsteig geparkt, das Gartentor verriegelt, sich wieder in den Wagen gesetzt, das Radio angemacht haben, angefahren sein. Sie wird sich eine Zigarette angezündet haben, bevor sie den Wagen röhrend aus dem Dorf gelenkt hat. Durch die ehemals von Bäumen formatierten Landstraßen, die nun nackt lagen, besägt, dachte ich, von der Gemeinde besägt, dachte ich, dass die Jugend nicht tödlich an den Stämmen der Alleebäume verunglücken könne: eine Provinzfernsteuerung, wie Albert einmal gesagt hatte. Durch diese zersägte Straßenlandschaft wird Martha den Wagen gelenkt haben, rauchend und auf das Radio horchend, das *Out of the Dark* spielte. Ihr wird der Gedanke an eine Zwillingsgeburt gekommen sein, zwei Früchte, von denen nur eine überlebt, wird sie gedacht haben und an der Zigarette gezogen, deren Stummel sie so lange zwischen die Lippen geklemmt behalten hatte, bis sie das Behördengebäude der Kreisstadt erblickt, den Wagen geparkt, den Motor abgestellt und das Radio leise gedreht hatte. Wie schön wäre das Versagen der Batterie beim Zurückkommen, wird sie gedacht haben und den Zigarettenstummel auf den Asphalt gespuckt. Sie wird in die Öffentlichkeit des Gebäudes getreten sein, sich eine Nummer gezogen, sich zum Warten auf einen orangefarbenen Plastikstuhl gesetzt haben, dessen Bequemlichkeit sie zum Furzen animiert hätte, hätte sie etwas anderes verfolgt in diesem Moment. Aber sie wird geduldig gewartet haben, dachte ich, zog den Schlüpfer an und verschloss den BH. Sie wird sich in eine Broschüre vertieft haben, dachte ich, gedanklich das schwarz-weiße Karo der Gänge hin und her gesprungen sein, sie wird den Dreiklang aus dem Lautsprecher wahrgenommen haben und sich, sobald ihre Nummer dazu auf der Anzeige erschien, in Bewegung gesetzt haben und dem Sachbearbeiter hinter dem Schreibtisch, nachdem sie leise die Tür hinter sich geschlossen haben wird, freundlich »Guten Tag« gesagt haben. Als der Mann hinter dem Tisch den Kopf aus einem Schriftstück hebt und die Frau erblickt, die sich an die Tür gelehnt hat, keine Regung zeigt, sich vor ihn zu setzen, breitet sich ein Lächeln über sein Gesicht. Kleine Falten sind zu erkennen unter seinem Brillengestell, ein Mann in seinen Dreißigern, vielleicht hat er viel gelacht. Wahrscheinlicher ist ein Kummer, der sich an einer Persönlichkeit zeigt, deren Sache die Liebe nicht ist. Die deshalb Tränen vergossen hat in den Augenblicken vor dem Aufstehen, in denen es die Entscheidung gegeben hat, nicht liegen zu bleiben, und Bitterkeit über eine gezeitigte Liebe, immer morgens. Die gewohnt ist, den Verstand zu aktivieren, wenn die Lage verzwickt wird, den Alkohol zwar bemüht, um im Körperlichen Vergessen zu finden, zu einem wahren Rausch aber nicht fähig ist, weil ihr das Entsetzen über die eigene Auslöschung ungleich größer erscheint als die Furcht vor dem Verlust des Anderen. Eine Persönlichkeit, die dem Tod die Trauer vorzieht, in dem Bewusstsein, dass das ein Fehler ist. Herr RobertdieStraßehinunter wird Martha von früher her kennen, dachte ich. Die Frau in der Tür sagt leise, freundlich: »Guten Tag«, und der Mann zieht lächelnd die Brille von der Nase. Er bedeutet ihr, sich zu setzen, doch die Frau rührt sich nicht von der Stelle. Sie legt die Handflächen auf die Tür hinter sich und wendet, als der Mann sagt: »Guten Tag, setz dich doch«, den Blick auf eine der Zimmerecken. In dieser Stellung verharrt sie, auch als der Mann sie nochmals auffordert, sich zu setzen. »Gut«, sagt er, zieht die Schreibtischschublade auf, »R«, murmelt er, »R, R.« Er greift einen Ordner aus der Schublade, setzt sich die Brille wieder auf, schlägt den Ordner auf, lehnt sich in den Stuhl zurück, liest zunächst mit den Lippen mit, unterlegt die Artikulation dann mit Ton: »... wird für die Betroffene gemäß § 1896 BGB Betreuung angeordnet. Der Wirkungskreis des Betreuers umfasst: Aufenthaltsbestimmung und Zuführung zur ärztlichen Behandlung. Gründe: Nach dem ärztlichen Gutachten vom 7. Januar 2002 ist die Betroffene Martha R. infolge eines geistigen Gebrechens nicht in der Lage, die als Wirkungskreis des Betreuers bezeichneten Angelegenheiten zu besorgen. Eine Verständigung über Notwendigkeit, Zweck und Bedeutung der Betreuung ist mit ihr nicht möglich (§ 1896 Abs. 3 BGB). Bei der persönlichen Anhörung am 7. Januar 2002 machte sie einen geschäftsunfähigen Eindruck. Gezeichnet Dr. Seiffert, Richter am Amtsgericht.« Die Frau an der Tür blinzelt, der Mann blättert um und liest: »Amtsgericht der Kreisstadt, 16. März 2002, Vormundschaftsgericht, Aktenzeichen VIII 152/02, Betreuung Martha R., geboren am 7. Oktober 1970. Beschluss: Als Betreuer wird das Landratsamt – Sozialhilfeverwaltung – der Kreisstadt bestellt. Der Wirkungskreis des Betreuers umfasst die Aufenthaltsbestimmung und Zuführung zur ärztlichen Behandlung. Gezeichnet der Rechtspfleger, 16. März 2002«, und der Mann blättert weiter, liest: »Die mit dem Beschluss des Amtsgerichts der Kreisstadt vom 16. März 2002 angeordnete Betreuung bleibt«, die Frau an der Tür lässt die Hände sinken, »aufrechterhalten, da die Gründe«, und der Mann schiebt sich die Brille eng an die Nasenwurzel, »die zur Anordnung geführt haben, fortbestehen«, und er liest den Namen der verantwortlichen Richterin vor, das Datum, den Ort, er legt den Ordner beiseite, sagt, sie solle sich setzen, »Setz dich endlich«, sagt er, und die Frau schaut ihm ins Gesicht. Ihre Oberlippe zittert. »Setz dich schon, Martha«, sagt er, faltet die Hände über den Papieren, schnauft und lässt die Daumen kreisen.

DA WIR BEIM BÄCKER für die sauren Zungen nie bezahlen mussten, weil ich die Verkäuferin beflirtete – es fiel mir leicht, weil sie schöne Mandelaugen hatte –, während Martha sich unseren Wochenvorrat in die Hosentasche schob, konnten wir am Weltspartag unser gesammeltes Taschengeld seit Beginn der Einschulung auf die Bank bringen: eine Mark fünfzig jede, die auf getrennte Konten eingezahlt wurden. Martha stand an der Hand der Mutter am Schalter an. Ich betrachtete die Porträts der in schwarz-weiß Verfolgten, deren Köpfe so schräg hingen, als wären sie tote Vögel. Sie erregten mich wohlig. Die Menschenschlange reichte bis vor die Tür hinaus. Dabei muss man doch was abgeben, dachte ich. Auf dem Heimweg war ich an Marthas einer, die Mutter an ihrer anderen Hand. Ein schönes Bild, dieses Paar zu dritt. Zu Hause schlossen wir uns in unser Zimmer ein.

»Ich habe was einbehalten«, sagte Martha und zeigte mir eine Münze. »Leg dich auf den Bauch.«

Ich legte mich aufs Bett. Martha zog mir die Hose herunter, meine Arschbacken auseinander. Die kühle Münze fügte sich angenehm in mich ein.

»Mein Sparschwein«, flüsterte Martha, während ich durchs Fenster flirrte, vor dem die Sonne langsam unterging. Beim Abendessen war ich immer noch trunken und putschte mich mit einer Extraladung Meerrettich zum Höhepunkt. Martha lachte. Die Eltern waren still. Ich spürte noch die Wärme der späten Sonne auf meinem Gesicht.

SIE WIRD LEISE, FREUNDLICH »Guten Tag« gesagt haben, dachte ich, als ich an diesem Abend von ihrem Bett aufstand, den Brief und die Pistole an mich nahm. Sie wird an der Tür innegehalten haben, dachte ich. Es ist der Tag gewesen, an dem ich nicht mehr ans Telefon gegangen bin. Als es klingelte, hatte ich geahnt, dass es Martha sein würde. Es war acht Uhr früh. Ich hatte die Wohnung verlassen, noch ehe das Telefon aufgehört hatte zu läuten. Während ich meine Schritte im Treppenhaus beschleunigte, um der unerbittlichen Aufforderung, die mein Telefon an mich aussandte, zu entkommen, während ich noch den ganzen Tag das Echo meines läutenden Telefons im Ohr hatte und mich dabei bei einem fluchtartigen Spaziergang in einem Park der Stadt ertappte, wie ich einem Mann mit Hundepfeife hinterherlief, weil ich glaubte, Töne zu erheischen, die nur für meine Ohren bestimmt waren. Wie ich neben einem Hund herging, der seinem Herrchen folgte beziehungsweise den Tönen, die dessen Hundepfeife hervorbrachte. Wie mich der Hundehalter ansprach, mich zu einem Getränk einlud und wir uns über dies und das unterhielten. Wie ich mich dabei ertappte, dass ich anfing, Champagner zu bestellen, bis ich bald eine Flasche intus hatte. Dass ich mit dem Hundehalter durch die Straßen Berlins lief: Sein Kopfsteinpflaster erschien mir golden an diesem Mittag, und ich versuchte, mir die Absätze an ihm zu brechen.

Während ich mich ertappte, wie ich etwas fand zwischen diesen Pflastersteinen, in den Räumen zwischen ihnen, das mir sagte: Mach los. Wie ich auf den Hund blickte, dessen räudige Mischung mir die Tränen in die Augen drückte.

Während ich mich dabei ertappte, dass ich Straßenbahntickets löste, in einem Aufzug stand, zu dem Hundehalter hin scherzte, seine Hand nahm, als wir auf dem Funkturm der Stadt standen und in die Wolken glotzten, dass ich dem Hund zusah, der zusah, später, als vor den Fenstern des Hotels die Sonne unterging. Währenddessen startete Martha ihren Wagen, fuhr in die Kreisstadt, ging in das Zimmer des Sachbearbeiters Robert, sagte leise, freundlich: »Guten Tag«, verharrte in der Tür.

Während sie den Mann, den sie von früher her kannte, versuchte anzusprechen, sich schließlich hinsetzte, ihren Ausweis aus der Tasche zog, sagte, es wird der einzige Satz dieses Tages gewesen sein, dachte ich an diesem Abend, der auf das

Aufziehen ihrer Nachtkastenschublade folgte, sie sagte: »Ich möchte meine Identität abgeben.« Sie hat ihre Papiere einfach liegen lassen, dachte ich, sie hat sie auf den Tisch des Sachbearbeiters gelegt, den sie früher, vor jener Zeit, einmal gekannt hat, dachte ich. So gut hat sie ihn gekannt, dass er ihr eines Tages unbekannt geworden ist, und sie hat lieber das Nichts gewollt, dachte ich. Lieber das Nichts hat sie gewollt als die Fremde zwischen ihr und ihm, dachte ich und nahm die Dinge, die ich in ihrer Nachtkastenschublade fand, legte sie auf das Bett. Es waren eine Damenpistole mit Elfenbeingriff und ein Brief, den ich noch am selben Abend gelesen haben würde. Es war das einzige Mal, dass du ihm fremdgegangen bist, dachte ich und verließ das Schlafzimmer.

IN DER SCHULE LANGWEILTEN wir uns natürlich früh. Während die anderen Dachziegel in dafür vorgefertigte Hefte malten, vertrieben wir uns die Zeit mit unserem *Fortsetzungsroman,* ein Wort, das ich in Mutters Zeitschrift gefunden hatte.

Meistens gab ich einen Satz vor, reichte ihn an Martha weiter, die dann einen anfügte, das Blatt faltete, sodass nur ihrer zu sehen war, an den ich dann einen anfügte, das Blatt faltete, sodass nur meiner zu sehen war, an den sie dann einen anfügte und so weiter und so fort.

Einer von ihnen ist mir in bleibender Erinnerung und gehört wahrscheinlich zu den Texten, die ich, neben dem Vaterunser und der Gillette-Werbung, noch auf meinem Totenbett werde sprechen können: *Frau Rettich sitzt in einem Loch und kann sich nicht genießen. Du sagst: Was eigentlich willst du noch. Die Kreide quietscht, ich halte dicht, damit wir für immer zusammenbleiben. Wir sind die Guten und die die Fiesen.*

Die Lehrerin mit ebendiesem Namen wurde bleich. Sie zog Martha an den Haaren aus der Bank, stellte sie vor die Tafel, nahm das Lineal vom Tisch und schlug ihr zehnmal auf die Finger beider Hände, die mit den Flächen an die Zimmerdecke schauten. Auf dem Heimweg schwor Martha ewige Rache. Ich heulte wie ein Wolf. Als ich beim Mittagessen sagte, ich wolle zu den Fischstäbchen nur drei Erbsen, bitte, fragte Mutter Martha, was los sei, und Martha zeigte so stumm, wie ich sie nie wieder davor und danach erlebt habe, ihre Hände. Obwohl Mutter sich beim Rektor der Schule beschwerte, ging Frau Rettich erst Anfang der 90er-Jahre, ganz regulär, in Rente.

Da ihr Gewaltausbruch allerdings auch von oben als unzeitgemäß betrachtet wurde, durften wir nebeneinander sitzen bleiben, und wir waren zu gewieft, als dass sie uns die Kopfnoten hätte herunterkorrigieren können. Schöne Grüße an dieser Stelle, ich hoffe, du schmorst.

Ein Bild aus jener Zeit im Familienalbum: Ich im durch die Familie gereichten weißen Kommunionskleid, einen Margaritenkranz im Haar, die Kerze in der Rechten. Martha steht neben mir, ebenfalls zwar den Blumenkranz obenauf, aber sie trägt ein weißes Hemd und weiße Hosen, die Kerze in der Linken, und flüstert mir etwas ins Ohr. Ich lächle schüchtern und ziehe die Schultern hoch. Ich weiß nicht mehr, was Martha an diesem Tag im April 1980 zu mir gesagt hat. Ich frage mich nur immer noch: Wie hat sie das gemacht? Meine Geschichte: die einer verfrühten Braut.

An den Wochenenden ohne Uniform gingen wir mit dem Vater in den Wald, und ich durfte an Marthas Hand auf Baumstämmen balancieren. Zwischendurch wurde ich bei einer Spezi zur Begutachtung der Frauenfußballmannschaft des FC Irgendwas abgestellt, während Martha und der Vater

Tiere sammeln gingen, die mir dann im Präsentkorb gezeigt und im Garten zu Hause als *Tuttifrutti* (verwundete Taube) vom Marder geholt wurden, als *Austriamemphis* (Spitzmaus) das Zeitliche segneten oder als *Kingkong* (Riesenfrosch) vertrockneten. Der Name der Ringelnatter entfiel mir in dem Moment, als Martha ihn aussprach, aber natürlich hieß die kleine Krähe, die aus dem Nest gefallen war, Jakob. Der Vater baute ihm, nachdem man festgestellt hatte, dass er unter freiem Himmel von seinen Artgenossen totgehackt werden würde – unter dem Köpfchen trug er schon ein blutiges Halsband –, einen Käfig und stellte ihn unter den Holunderbaum. Jakob und ich verbrachten eine herrliche Zeit, nachdem ich mich daran gewöhnt hatte, dass er, sobald er mich aus dem Haus kommen sah, zum Sturzflug ansetzte, sich auf mich fallen ließ, dann aber abdrehte und mir mit dem Schnabel dabei sanft durchs Haar fuhr. Ich versteckte Hundefutter in den Geranienkästen, im Moos, das er mir zurückbrachte wie ein ganzer Kerl. Über die Wäscheklammern, die er von Mutters frischen feuchten Laken entwendete, lachte ich einen ganzen Nachmittag.

Martha umwarb mich leidenschaftlich, indem sie sich ins Tor stellte und jeden Elfmeter durchließ. Eines Tages brachte sie sogar Robert, der die Straße hinunter wohnte, mit, und wir kreuzigten ihn an die Teile unseres Hauses, das wegen Bauarbeiten eingerüstet war. Ich schlug mit dem Hammer auf das Metall, und Robert stellte die Schmerzen perfekt nach. Er jaulte so gut, dass mein Körper angenehm kribbelte. Abends fragte Martha, ob es mir gefallen habe. Ich antwortete: »Ja, schon.« Am nächsten Morgen lag Jakob tot in seinem Käfig.

»An seiner eigenen Kotze erstickt«, war Marthas Version der Dinge, der sie anfügte: »Rattengift vom Faschonachbarn.«

Wo sie dieses Wort gefunden hatte, war mir schleierhaft, doch sie wiederholte es so lange, bis auch ich es, nachdem die ersten bitteren Tränen versiegt waren, aussprach: »Faschonachbar.«

Martha und ich legten den steifen Jakob in ein Loch, das Martha gebuddelt hatte. Ich bestand darauf, das Grab selbst zuschaufeln zu dürfen, was Martha missfiel. Sie setzte ein Astkreuz auf die Erde und sprach feierlich: »Jakob, dem Rattengift des Faschonachbarn zum Opfer gefallen.« Dann ging ich auf sie los. Bis heute weiß ich nicht, wie Mädchen sich fühlen, doch als ich Martha an den Haaren zog und ihr auf die Schulter schlug, obwohl ich ihr die Fresse polieren wollte, fühlte ich mich wie eines.

»Och jö«, spottete Martha, und mein Kopf wurde heiß. Ich ballte die Faust und traf Martha hart in der Magengrube. Sie taumelte kurz, nahm mich dann umso härter in den Schwitzkasten. Wir fielen zu Boden. Ich sah keinen einzigen Meter an Chance. Martha drehte mich auf den Rücken, setzte sich auf mich und drückte mir die Arme auf den Boden. Dann beugte sie sich zu mir herab. Während ich in ihre wilden blauen Augen sah, steckte sie mir ihre Zunge bis Anschlag in den Mund. Dann ließ sie mich los, stand von mir auf und lachte. Obwohl petzen nie meine Sache war, schrie ich wie am Spieß, bis in den Abend hinein. Mutter kam mit gütigen kühlen Waschlappen, sah jedoch keinen Stich.

»Mädchen, Mädchen, mein Mädchen«, sagte sie.

Ich jammerte: »Jakob.« Seitdem hütete ich mich, Marthas Eifersucht zu erregen.

3

WIR SASSEN BEIM ESSEN an jenem Abend, als er sagte: »Ich reise ab.« Noch ehe ich diesen Satz seiner Bedeutung zuführen konnte im Sinn einer Verknüpfung von gesprochenem Wort: *Ich reise ab,* ihm zugrunde liegender Aussage: *Ich fahre allein,* und etwaiger Konsequenz im Verhalten: *Bald bin ich weg,* sagte er noch einmal: »Ich reise ab.« Und köpfte, zack, das Ei, nahm einen Schluck Tee, griff zum kleinen Löffel, legte ihn wieder ab, sah mich an. Ich stand auf und holte das Salz und reichte es ihm, er träufelte das Salz in das Ei, nahm den kleinen Löffel wieder auf und verleibte sich das Ei ein, in drei Zügen, die keinen Zweifel daran ließen, dass er seiner Ankündigung Folge leisten würde, er würde fahren. Und noch ehe ich mein Gehirn dazu befähigte, diesen Worten eine Handlung zuzutrauen, vielmehr, noch ehe ich mich auf die Furcht einließ, festzustellen, wie sich dieser Satz verhalten würde, entzog ich dem Augenblick den Verstand, zack, indem ich sagte: »Mir ist übel.«

Während Albert beim Abendessen seine Ankündigung machte und ich Widerspruch einlegte, floh ich in den ersten Stock, in das Zimmer meiner Kindheit, setzte mich aufs Bett. Da begegneten mir: die Tanten der Vergangenheit, die Vorkehrungen zum Gelingen der, wie sie sagten, Isaakiade trafen. Gleich wurde mir die Aufgabe erteilt, eine Rede zu halten. »Im richtigen Moment«, flüsterte mir Irma, als sie sich den Flachmann in ihrem Strumpf befestigte, »im richtigen Moment«, sagte sie, »wirst du aufstehen, mit einem Messer an dein Glas klopfen oder der Gabel, die du auf deinem Teller liegen hast, du wirst aufstehen im richtigen Moment und die richtigen Worte finden für unser«, und sie zog den Strumpfhalter fest an ihrer Hüfte, »für unser Isaakfest.«

Ich beobachtete sie, wie sie sich vor dem Wandspiegel drehte und ihre Figur auslotete, ein in die Jahre gekommenes Hinterteil schwang sich in drei Dimensionen vor meinem Blick, und die dazugehörenden Reisigbeine, die sich lange nicht um eine Hüfte gelegt hatten, wurden bedeckt mit bordeauxfarbenen *Stockings*, wie ich in diesem Moment dachte, ohne einen Zusammenhang zu erkennen, und Irma rollte den glänzenden Stoff der Strümpfe ihre Beine hinauf, um es noch einmal zu treiben an diesem Abend. »Du weißt ja, die Grube ist längst ausgesucht«, sagte sie lächelnd und begann dann, die Wickler aus ihrem Vogelhaar zu lösen. »Und wenn das erst hinter dir liegt«, sagte sie, ging nah an den Spiegel und puderte ihre Weißweinwangen, »dann kracht es noch ein letztes Mal, zu allerletzt.«

Ich stimmte ein in das monströse Gelächter Irmas und dachte, während ich meinen Körper schütteln ließ, zwei sich schüttelnde Rücken feierten Hochzeit an diesem Abend vor dem großen Fest, ich dachte: Soll er doch fahren. Da fiel Irma ein Lockenwickler aus der Hand, und ich bückte mich schnell, um ihr Kreuz zu schonen.

»Wenn es schon am Rückenmark sitzt«, hatte sie immer gesagt, »dann sieh zu, dass du noch mal dazu kommst«, und als ich mich bückte und den Lockenwickler vom Boden holte, hatte ich plötzlich ihre Hand in meinem Schritt, ich fuhr zusammen, und sie lachte erneut und sagte: »Wollte nur sehen, ob du schon so weit bist.«

In diesem Moment hörte ich jemand an die Tür klopfen, und Irma rief: »Herein.« Da stand Theo, Theo in jungen Jahren, ein, wie immer gesagt wurde, gut aussehender Mann, der als Champagnervertreter den 60er-Jahre-Reibach mitgemacht hatte und dem die Krawatten besser gestanden hatten als den Parteifreunden an den dicken Hälsen.

»Theo«, sagte Irma weich, »wie lang hab ich auf dich gewartet.« Sie nahm einen Schluck aus dem Flachmann, legte ihn auf den Toilettentisch und tastete sich mit leisen Schritten den Weg durch ihren Jägermeisterparcours. Theo in jungen Jahren blieb auf der Schwelle und rührte sich nicht, und als Irma über den Rand der Auslegware stolperte, sich auf dem Nierentisch abstützen wollte, danebengriff, fiel und ihr der Rock hochrutschte, sodass ich sah, dass sie nichts drunter hatte, als sie das Gesicht in ihre Hände legte, begann, den Kopf zu schütteln, zu wimmern, in einem fort: »Jesus, Jesus«, als sie innehielt dann, Theo anblickte aus verschleierten Augen, sagte: »Bitte, nimm mir alles ab.« Blickte Theo an seinen Cordschlaghosen hinunter, auf seine geputzten Schuhe, Budapester Art, trat ein, schloss die Zimmertür, fuhr sich mit der Hand durch das halblange Haar, ich dachte noch: Elvis für Arme, Theo, in jungen Jahren, fläzte sich auf die Couch, zog sein Zigarettenetui aus der Hemdtasche, schlug die Beine übereinander, zündete sich eine an, nahm zwei gelassene Züge, öffnete sich den Hosenladen dann und sagte, die Worte taumelten durch die Luft, lässig das Irmagenick im Fadenkreuz, Theo sagte: »Bist aus dem Leim gegangen.«

Ich wandte mich zum Fenster, den Blick auf den Kieshof hinunter, ich hörte, wie sie sich zu schaffen machten aneinander in meinem Rücken, sah einen Spatz, der im Sand badete, kratzte einen Wachsfleck von der Fensterscheibe, ich stellte mir mein Bücherregal vor zu Hause, versuchte, die Hohlräume zwischen den Titeln mit passenden Buchdicken aufzufüllen, ich dachte an Irma und daran, mit welcher Bestimmtheit sie beim Skat die erste Karte legte und wir dann wussten, dass sie uns fertigmachen würde.

»Wenn ich den nicht spiele, gewinne ich es nicht«, sagte sie immer, wenn sie doch höher verlor, als wir erwartet hatten.

Mir kam ein Gebäude Berlins, woher ich angereist war, vor Augen, die Leuchtreklame einer Zierfischehandlung, eine blonde Frau, die ich kannte, und ihr Minnesang, wenn sie liebte, ich hörte ein Keuchen und dachte an die Bilder des Mannes im Fernsehen, der aussah wie Kirk Douglas, aber er nannte sich *Deep Throat,* bevor er sich enttarnen würde in einigen Jahren, und ich bemerkte die Festigkeit meiner Fingernägel, als ich einen weiteren, hartnäckigeren Fleck von der Scheibe entfernte. Man muss wissen, welche Instanz die eigene Freiheit beschneidet, wenn man nicht obszön bleiben will, dachte ich plötzlich, und ich sah auf den Spatz, wie er sich putzte, zum Flug ansetzte, mir fiel der Vater ein, haltend, die Luft anhaltend bei allem, was er tat und vor allem, wenn er Schuhe putzte, und ich hörte Irma in meinem Rücken, sie sagte: »Bei welcher Nutte hast du das wieder gelernt«, und ich wünschte mir Ruhe. Ich wünschte mir einen Saunagang, ich wünschte mir Scham, ich wünschte mir eine Hundehütte, ich wünschte mir Semmelknödel, Behutsamkeit, Freesien und Leichen, ich wünschte mir gelbe Augen, eine Diktatur, köstliche Diener, einen Zwetzschgenkuchen mit Schlagsahne, Anarchie, und, als sich Irma anschickte zu kommen, wünschte ich mir Schnee. Und ich wünschte mir Schnee.

»WARUM ICH DIR DAS zeigen möchte«, sagte ich. Er stand auf der Schwelle zu diesem Zimmer, in dem sich, wie ich ihr glaubte, alle Geister versammelt hatten. Gemäß Martha: die unerlösten Seelen, die sie rette, indem sie sterbe.

»Bitte dreh jetzt nicht durch«, sagte Albert.

»Konsequent bist du«, sagte ich leise. Ich sagte, ich hätte sie damit trösten wollen, mit meinem *Für immer und ewig,* aber das habe ihr mehr Angst gemacht als alles andere.

»Das kann ich verstehen«, antwortete Albert.

Und ich: »Ich habe doch von der Liebe geredet«, und Albert: »Eben. Darum.«

Das Bett, in dem wir als Kinder geschlafen hatten, lag ruhig und einsam unter dem Fenstersims: Ein Boot, das den Hafen nicht mehr verlässt. Ich stolperte über einen Läufer. Ich fluchte. »Was suchst du?«, fragte Albert aus dem Türrahmen. »Warte einfach«, flüsterte ich, kippte das Fenster und horchte den Wellen nach, die sich an ihren Rändern beruhigten, langsam einen gleichmäßigen Dreivierteltakt anschlugen. Die frühen Segler waren schon zu Hause und machten Brotzeit. Ich zog die Vorhänge zurück. Ich sah auf den See hinaus, dann auf das Zimmer: das Kraftzentrum das Bett, zerladen mit Kissen, die nachts, früher, im Schlaf hinausgestoßen worden waren; in der Mitte ein Tisch, Plastikblumen darauf, deren Blüten sich zum Fernsehgerät neigten; der Boden mehrfach mit Teppichschichten ausgelegt, als gelte es, die Wahrheit zu dämpfen. Es war Asthma, das sich durch die Generationen zog. An der Wand: ebenfalls Teppiche, Knüpfware, und ein Gemälde des berühmten Königs, in schweren Ölfarben gemalt, blau und rot, von einem Heimatmaler auf die Leinwand gespachtelt, wahrscheinlich kurz nach dem Krieg. »Ich ersticke«, sagte ich, öffnete das Fenster ganz, setzte mich in den Sessel, der als einziger Gegenstand dieses Zimmers, des Tantenzimmers, klare Umrisse hatte. Kurz dachte ich an das Wort *Abgrenzung*. Eine leichte Übelkeit zog herauf. Ich sagte: »Die Psychologie hat alles kaputt gemacht. Sie ist noch schlimmer als die Eifersucht.« Albert wandte sich zu gehen, doch ich bat ihn inständig: »Warte.«

Stumm hingen wir dem Klang der Wellen nach: Da, da-, einszweidrei, einszweidrei, da, da-, einszweidrei, einszweidrei, da, da-, und ich erfasste Marthas Hang zu Walzern körperlich und mit einem Mal. Ich wusste: Ich bin auf dem richtigen Weg. Dann sah ich sie vor mir: Martha, Irma und Peggy, um den Tisch sitzend, beim Kartenspiel, jede ein Plastikschüsselchen mit Münzen vor sich. Peggy, die Alte, rauchte und ließ sich genüsslich von Martha reizen: »18.«

»Ja.«

»20.«

»Ja.«

»22.«

»Ja.«

»Null.«

»Ja.«

»24.«

»27.«

»Ja.«

»Weg.«

Martha warf zornig die Karten ab, zog an der Zigarette und fuhr sich energisch durch ihren Iro.

»Herz-Hand«, sagte Peggy, die Alte, rücksichtslos lächelnd. Martha kochte. Irma goss sich einen Jägermeister ein.

»Das macht es auch nicht besser«, sagte Peggy und kam mit dem Herz-Ass raus. Die anderen warfen ab. Martha schnaubte.

»Wieso spielst du nicht gleich einen Grand?«, knurrte sie, aber Peggy legte nur stumm lächelnd die Zehn nach, um zu prüfen, ob alle Trümpfe heraus waren, dann alle Karten hin und sagte: »Wie soll ich riechen, dass der Alte und der Grüne im Skat liegen.«

»Du bist ein feiges, manipulatives Miststück«, sagte Martha, sprang auf und rannte aus dem Zimmer. »Familienterroristin«, schrie sie noch vom Flur.

Peggy sagte ruhig: »Dass sie eine schlechte Verliererin ist, wissen wir seit ihrer Kindheit. Dass sie ihren Jähzorn nicht in den Griff bekommt, ebenso. Dass sie zu schwach ist, um sich ein System außerhalb der Familie aufzubauen, ist eine Binsenweisheit. Selbst die Arbeit mit den Fischen, die ihr früher Freude gemacht hat, behandelt sie mittlerweile nachlässig. Im Gegensatz zu dir, Irma, säuft sie nicht wie ein Loch. Dafür hat sie, wie ich unterdessen glaube, nicht mehr alle Tassen im Schrank. Ich hätte mir von meinem Leben auch anderes gewünscht. Das Mädchen ist 31. Es muss nun zusehen, wo es hin will. Mich hat auch keiner gefragt. Ich verlange nur, dass ihr es so macht wie ich. Ist das zu viel an menschlicher Größe? Irma? Was red ich mit dir, Schnapsdrossel. Ohne Unterhose warst du, als ich dich damals aus dem Taxi fischte. Würde ist nicht deine Sache, aber unser Mädchen hat noch eine Zukunft vor sich. Ich befürchte allerdings nur hinsichtlich ihres Alters. Schau ihr ins Gesicht. Ich hab mich belesen. Sieh dir ihre Frisur an: Wie ein Bursche kommt sie daher. Diese Generation ist verdorben. Sie langweilt sich. Sie taugt zu nichts.« Irma goss sich einen Jägermeister ein, setzte an. Als sie den Kopf in den Nacken warf, stürmte Martha ins Zimmer zurück, schleuderte Irma: »Na, Schnapsgenick«, entgegen, wandte sich zu Peggy und gab ihr eine Ohrfeige.

Ich sah, dass Albert nicht sah. Ich lauschte den Wellen noch eine Weile nach. Dann schloss ich das Fenster und schob Albert vom Türrahmen hinaus in den Flur, die Treppe hinunter.

DAS HAUS EIGNETE SICH gut für Versteckspiele. Vor allem der Dachboden im zweiten Stock bot hervorragende Möglichkeiten, um regungslos und stundenlang in Truhen zu verharren, sich dann von Martha auffinden zu lassen. Sie erweiterte den Dreh, wie sie es nannte, indem sie mir die Hände fesselte und so tat, als wisse sie nicht, wo ich mich befände, um später den Deckel der Truhe zu heben und mich zu befreien. Die Dauer zwischen Gefangennahme und Befreiung verlief ganz nach Marthas Belieben. In meinem abgedunkelten Verlies liegend hing ich Wörtern und Geschichten nach, die ich von unserer Mutter gehört hatte. Vor allem eine Erzählung, der ich inkognito gelauscht hatte – die Eltern in der Küche, schwere Dinge sprechend, ich still im Flur sitzend –, kam mir immer wieder in den Sinn.

Sie betraf die Vergangenheit der Mutter, ihre Kindheit, wie ich als Erwachsene lernen würde, und kreiste um die Namen Irma, Peggy, ihre Tante, ihre Mutter. Irma hatte unserer Mutter einmal unter den Rock gegriffen und gesagt: »Ein wahrer Seemann schippert auch über das rote Meer.« Zur Strafe hatte Peggy Irma geohrfeigt.

Martha hob den Deckel, rief: »Überraschung«, und hielt mir Rocco ans Gesicht. Er fiepte vor Angst. Martha brachte ihn am Tag darauf zurück zu seiner Schwanenfamilie. Ich beobachtete die Szene von der Uferpromenade aus und war froh, dass sich Martha aus dem Wasser verzog, als die Schwanenmutter Rocco unter ihren Flügel ließ. Am Nachmittag beschlossen wir auszureißen. Wir gingen an den Dampfersteg, nahmen das erste Schiff, das anlegte, fuhren mit ihm weg und stiegen auf Schweizer Seite aus. Ich setzte mich auf eine Parkbank. Martha lungerte im Uferkies. Erhob sich gelegentlich, um Steine übers glatte Wasser flitzen zu lassen. Als die Dämmerung hereinbrach, bekam ich Zustände.

»Was heulst du«, sagte Martha und verdunkelte ihre Züge unter den schrägen Strahlen der Abendsonne. Irgendwie schaffte sie es, mir ein Eis zu organisieren.

Ich fragte: »Und nun, Martha?« Sie wurde tobsüchtig. Im blauen Auto wurden wir zur Grenze gefahren und den Grünen übergeben. Schengen war ganz weit weg.

Es war das einzige Mal, dass der Vater mich ohrfeigte, und der Beschluss, Martha und mich fortan in getrennten Zimmern unterzubringen, erleichterte mich ebenfalls. Von diesem Tag an begann ich, ihr fremdzugehen.

»WIR HABEN JUNI«, RIEF Albert. Ich spürte den Luftzug der Worte an meiner Wange. Er war zornig genug, dass ich die Adern an seinen Schläfen sehen konnte. Er stand auf vom Küchentisch und räumte sein Geschirr weg und räumte mein Geschirr weg und setzte Kaffee auf und drehte mir eine und steckte sie mir in den Mund und zündete sie mir an und lehnte sich an den Herd und blieb so stehen, bis das Wasser kochte. Und goss mir eine Tasse ein und stellte sie mir hin und goss sich eine Tasse ein und setzte sich wieder, und so saß ich ihm gegenüber dann und hatte die Kommunikation vollständig abgebrochen. Ich wartete, bis mir die Asche aus dem Gesicht fiel, während ich ihn betrachtete, wie er den Zucker in seinen Kaffee rührte, und er sagte, ich schätzte, es mussten vier Minuten vergangen sein: »Ich akzeptiere deine Strategie nicht.« Und stand wieder auf, zog sich die Jacke über, bedächtig, beinahe gelassen, und er ging in den Flur, öffnete die Haustür und schloss sie, so leise, wie er es immer tat, hinter sich, und ich blieb zurück.

Ich blieb sitzend zurück, ich blieb einfach sitzen in meinem plötzlich aufwallenden Zorn, der sich von selbst einwattierte, *at the same time,* dachte ich noch, und drängte den Druck auf der Nasenwurzel nach hinten, zurück in den Kopf, und der Druck unter der Schädeldecke wurde dadurch weniger, aber ich kam nicht darüber hinweg und zog schließlich doch an der Zigarette, und die Bitterkeit, die sich im Aschenbecher fand dann, nachdem Albert die Haustür zugezogen hatte, würde sich über Generationen gehalten haben.

DER NATO-DOPPELBESCHLUSS UND DIE später gestellte Vertrauensfrage wirkten sich dahingehend auf uns aus, dass ich zu unserem zwölften Geburtstag eine elektrische Töpferscheibe und Martha einen Chemiebaukasten bekam. Schnell fand ich heraus, dass es nicht darum ging, die Kraft, die nach außen drängt (zentrifugal), zu überwinden, sondern sie nach innen hin umzuwandeln und die Tonmasse nach oben oder dorthin, wo ich mir den Nordpol vorstellte, zu ziehen. Mit den Gebilden beglückte ich die Mutter an Weihnachten dann als Vase und den Vater als Aschenbecher.

Martha erging sich mit verschiedenen Pulvern in verschiedenen Zusammensetzungen in Explosionen. Von meinem Zimmer, das in den Hof hinunterschaute, hörte ich es wochenlang knallen, und wenn ich durch das Fenster sah, winkte mir Martha entgegen, deutete auf eine ihrer Lunten, zog das Feuerzeug, ließ es knallen und kicherte mich an, als sei sie besonders listig.

RobertdieStraßehinunter diente ihr als Versuchskaninchen, indem er sich hinlegen musste und an seinem Gürtel *Raketen,* wie Martha sie nannte, befestigt wurden, die Kugeln waren, gefertigt aus ihren Pulvern und dem Zellophan, das sie von Vaters Zigarettenschachteln gesammelt hatte. Ich war dieses Schauspiel bald leid, und auch RobertdieStraßehinunter durfte einstweilig nicht mehr zu uns kommen, nachdem Martha ihm durch eine Explosion eine Platzwunde beigebracht hatte.

Am Abend klopfte sie an meine Tür, trat ein, stellte sich ans Fenster und sah den Schneeflocken, die vor dem Licht der Straßenlaterne hinunterfielen, zu.

DIE GANZE DAUER ÜBER war ihr der Zweifel nicht zu nehmen gewesen. »Was, wenn er wider Erwarten doch so bösartig sein sollte«, fragte sie mich bei jedem unserer Telefonate im letzten Winter. Zuerst rief sie es in den Hörer hinein, später, als ich mich unerreichbar gemacht hatte, in Briefen, schrieb sie: »Was ist, wenn dies alles niemals enden sollte«, dann, als ich gelegentliche Postkarten verschickte mit der Bitte, sie solle sich beruhigen, ich hätte noch nie von einem derartigen Menschen gelesen, hörte ich lange nichts von ihr. Als ich eines Tages unbedacht, aus einem Nachmittagstraum stolpernd, ans Telefon gegangen war, hatte sie geflüstert: »Was, Liebste, wenn Gott aus mir ein Ewiges machen will«, und ich hatte sofort aufgelegt, noch ehe sie sagen konnte: »Glaub mir, ich bin ein Engel.«

Den Tag darauf schickte ich ihr *Bram Stoker's Dracula.* Dabei war ihr schon nicht mehr nach Scherzen zumute.

DA STAND:

»GELIEBTE, MEIN Leben als Mensch erfreut mich nicht mehr, und auch wenn ich nichts bedaure, so möchte ich Dir doch sagen, dass ich mit Erleichterung feststelle: Von heute an bin ich nicht mehr derselbe Mensch. Alles, was jemals zu erwarten war von mir, alles, was einmal zu meiner Person gehört hat, jede Verheißung, die mein Verhalten in den Raum gestellt und Deine Augen mit Aufmerksamkeit gefüllt hat, existiert seit diesem Augenblick nicht mehr, und schon in dieser Sekunde

denke ich, weniger schmerzvoll, als ich gedacht habe, darüber nach, wer es denn gewesen ist, der Dich die letzten Jahre über geliebt hat. Ich verbringe ein paar ruhige Stunden, während ich diese Zeilen schreibe, sehnsuchtslos, in einer hoffnungsfrei unglücklichen Laune. Es gibt nichts, was ich von einem anderen erwarten könnte, und auch mich selbst habe ich befreit von den Versprechungen, die meine Person ohne Zutun aussendet. Der einzige Schmerz, den ich empfinde, ist der Kummer darüber, dass ich Dir nicht schmeicheln kann mit meinen Worten, aber ich habe Dich immer als jemanden wahrgenommen, dem die Wahrheit lieb war. Wenn man beginnt, zur Verschonung zu greifen, hat es mit der Liebe nichts mehr auf sich. Es ist eine Frage der Perspektive. Ich lass mir einen Iro schneiden. Ich glaube zu wissen, wer spricht, wo ich hier sitze und der Fernseher aus der Stube herüberklingt. Wenn es so etwas gibt wie einen O-Ton, dann stelle ihn Dir so vor: das Geräusch eines laufenden Fernsehers, das entsprechende Originalbild: ich am Küchentisch. Mich betrübt meine Unzärtlichkeit und die Tatsache, dass die menschliche Kreatur das persönlich nimmt. Auf seine Person bezogen sehen muss. Und so sieht sich niemand in mir, und ich sehe niemanden. Und so musst Du verrückt werden, wenn Du mich liebst. Ich erkenne das und gehe und weine nicht mehr darüber, dass es einen anderen geben wird, weil ich keine Angst habe, dass mir jemand den Rang ablaufen wird, sondern imstande bin zu sehen, dass ich kein Heilsbringer bin, sondern Dich auf etwas vorbereite, was Du nur erleben kannst, weil Du mich gekannt hast, und Dein Glück wird sich vermehren im Lauf Deines Lebens, ohne dass Du es merken wirst. Wenn man sein Leben nicht nur mehr als Biografie betrachtet, als den Durchlauf des Körpers durch Raum und Zeit, als Erinnerungsgeschichte, die immer länger wird und den Geist zersetzt durch die immer größer werdende

Anstrengung, das Gelebte ins rechte Licht zu rücken, in einen Sinnzusammenhang zu versetzen, dann gibt es keine Konkurrenz in der Liebe. Weder unter den Liebenden noch unter denen, die sich um ein Geliebtes streiten. Es gibt keinen liebevollen Materialismus, und ich lehne es ab, die Zeit von 1970 bis heute, mein Leben sozusagen, im Raum zum Gegenstand werden zu lassen. Ich möchte das Kapital meiner Laufbahn verschenken. Mit allen Konsequenzen. Wie ich gerade die Nachrichten sehe, ein Treffen der Großen in Südfrankreich, erscheint mir das Wetter dort unten ungewöhnlich heiß, und ich frage mich: Ist er anwesend? Ich kenne mich nicht mehr aus, seit die Welt ineinandergebrochen ist. Ich lebe in einer Zeit, in der sich das Objekt ausschließlich durch das Auge des Betrachtenden zeigt. Ich bin nicht in der Lage, mich einzumischen in einen Krieg um das Wahrnehmungsmonopol. Meine einzige Nostalgie: die Sehnsucht nach der Zeit, in der man sich freute über eine Schlechtwetterfront über der DDR oder der Blick in den Schulatlas sicherstellte, dass man glücklich war in der saftigen Farbzone der Landkarte. Man richtete den Blick weiter nach rechts und bedauerte die krebskranke Bevölkerung der graublauen tschechischen Nudel. Im Chemiebaukasten eine Atombombe bauen, drei rohe Eier im Glas trinken wie Rocky, Dir ein Autogramm mitbringen von Jean-Marie Pfaff, Rhabarber roh von der Wiese fressen, gemütlich schaudernd den Strahlenhimmel im Rücken, Dir mein Teil zeigen und in Deine großen Augen schauen, und es blinkt lila, und Du lächelst. Ich weiß nicht, ob es die von der Regierung gewesen sind oder die im Radio oder die beim Gericht. Ich weiß nur, dass er tatsächlich da ist, als der Kanzler den Chirac küsst gerade, und selbst, wenn es der Vater gewesen ist, weiß ich zu unterscheiden zwischen der Prägung eines Menschenlebens und dem Faktum der Persönlichkeit. Und wenn ich denn gehe, auch auf die Gefahr hin, dass Du mich nicht verstehen wirst, sage ich Dir: Ich lobe Dich, ich preise Dich, ich bete Dich an, ich rühme Dich und danke Dir, denn groß ist Deine Herrlichkeit. Ich habe Dich nicht geliebt. Ich habe auf meine Stimme gehört, denn Du allein bist die Heilige. Es gibt keine Gnade unter den Menschen. Martha«

SIE IST DANN DAZU übergegangen, an unserem Geburtstag unangemeldet aufzutauchen, dachte ich, als ich am Küchentisch saß. Und es sind drei Jahre vergangen, drei kurze Jahre, dachte ich, ehe ich begriffen habe, in welchem Maß ihr bereits die Wochentage im Rücken gehockt haben. »Auf den Fünfundsechzigsten«, rief sie 1999 und drängte sich über den Flur in mein Wohnzimmer, erblickte den an sie adressierten, in einer Vernachlässigung wartenden Brief, riss ihn auf, fand Artikel über die Eröffnung des Nationalparks Bayerischer Wald vor, wandte sich, auf der Stelle ermattet, zu mir, fragte: »Und was ist mit Jena?«

Ich antwortete, weil ich sie kannte, ich sagte, weil ich wusste, wer sie war, ich kannte sie besser als meine Leberflecke, ich sagte: »Ein andermal vielleicht.«

An unserem Dreißigsten fing sie mich auf dem Weg zur Post ab. Ich hatte die Wohnungstür zugezogen, noch beim Schlüsseldrehen stieg mir ihr Duft in die Nase, eine Note, die sich nicht entschied zwischen der Grobheit von Kaffee und der Geruchlosigkeit einer Wasserpflanze, und ich lief irritiert die Treppen hinunter, in der Gewissheit, sie heute natürlich besonders deutlich in mir zu haben. Wie ich in meiner Spiritualitätstatsache den Briefkasten öffnete im Hausflur, trat sie aus dem Schleier einer Flurecke hervor, und mir fiel die Post herunter.

Ich hielt das Paket in den Händen, das ich rechtzeitig aufgeben hatte wollen, vor Tagen schon, ich überreichte es ihr, gänsehäutig, sie nahm es an sich, riss es kieksend auf, wie ihre erste Chipstüte vor Jahrzehnten, zog den Bericht der Untersuchungskommission zum Tod Ulrike Meinhofs hervor, jubelte, und als sie dann die Unterwäsche in den Händen hielt, schwarze Spitze, zwei Teile einer schwarzen Spitze, die ich ihr am Tag zuvor noch in einer Anwandlung von Persönlichkeit gekauft hatte, als sie die Unterwäsche betastete, wurde sie still, stellte das Paket auf die Stufen, zog sich aus, stieg zuerst in den Schlüpfer, schmiegte dann den Busen in die Stoffdreiecke. Eine klassische Auf-dem-Rücken-Verschließerin, dachte ich und versuche, meine Blicke zu dressieren. Sie stand vor mir, ruhig, in einem Bombardement von Reizen, und schaukelte den Körper am Geländer. Wäre es möglich gewesen an diesem Geburtstag, ich hätte mich mit ihr an der Hausflurwand verkeilt und dabei die Kuhle ihrer Wirbelsäule betrachtet, aber: bückte mich, hob die Post auf vom Boden, schloss den Briefkasten und fragte, während ich den Schlüsselring zwischen den Fingern rieb: »Hast du den Nachtzug genommen?«

GERN HÄTTE ICH PERSONAL nach Hause geschickt heute, nachdem Albert gegangen und ich am Küchentisch sitzen geblieben war. Sich fragen lassen: Kann ich noch etwas für Sie tun? Ich: Nein danke, Sie können dann gehen.

Sich fragen lassen: Ich komme dann morgen wie üblich? Ich: Es wäre mir recht, wenn Sie mich zum Frühstück allein ließen.

Sich fragen lassen: Ist es Ihnen prinzipiell so recht mit der Wäsche? Ich: Sicher, und nun nerven Sie mich nicht länger.

Sich einen guten Riesling öffnen lassen zuletzt, den man hat ankarren lassen von anderswo, dem Personal auf den Arsch klopfen zum Abschied, so tun, vor sich selbst so tun, als würde man den Wein genießen, aber man säuft ihn in sich hinein, Zug um Zug, in seiner Gier nach Spürbarkeit, in seiner Schamlosigkeit, man lässt das Glas würdevoll in den Fingern, länger als nötig, man trinkt sie langsam, die Flasche, und ist gut im Körper, aber man säuft, bedauert, dass kein Publikum da ist, dem man die Erleuchtungen mitteilt. Schon wähnt man sich an der letzten Pforte, sieht den Geist den Körper verlassen in einer Seligkeit, in der wohligen Gewissheit, dass man fähig ist, vielmehr: dass man sich dazu befähigt hat, etwas Stärkeres zu empfinden als die Furcht vor der Vergänglichkeit. Und man gießt sich nach, *zur Feier des Tages,* die Traurigkeit wegsteckend, dass kein Geliebtes im Raum ist, und prostet sich zu und spürt die Kühle des Getränks am Gaumen und schließt die Augen und streicht sich über den Unterarm und verliebt sich, abermals: in sich selbst.

Selbst der Moralische, der dann folgt, ist gut zu handhaben, und man flennt nicht, sondern lässt Entwürfe vor sich aufsteigen, die zwar: delogiert, das Ich und das Du, das Ich und der Aschenbecher, das Ich und das Haus, das Ich und die Zwillingsschwester und so weiter. Die Entwürfe, die sich zwar in einem plausiblen Nirgends aufhalten, aber man flennt nicht: wie die Tanten in den 80er-Jahren, die sich am Tisch krümmten um fünf vor eins und Zahlen glichen, die auf Stühlen sitzen, ich meine, als Fünfer oder Siebener saßen die Tanten und Großmütter, nicht mehr als Menschen in jedem Fall, und heulten wie kranke Pudel und gossen sich noch einen ein und jaulten, während sich im Radio Peter Cornelius dafür entschuldigte, dass er sie kannte, und schielten. Und gestanden den Männern, wenn sie vorhanden waren, eine Liebe und fielen vom Stuhl und mussten aufgehoben werden von den Männern, die den Kindern, so sie noch wach waren, auf ihre fragenden Augen antworteten: Frauen werden manchmal grundlos traurig. Kurz darauf schulterten die Männer die Frauen und trugen sie über die Straße, in ihre Häuser, in ihre Wohnungen, in ihre Kartoffelsackbetten und kehrten zurück an die Gläser und gönnten sich dann einen Schnaps und sagten: Auf uns, und im Geheimen der Männer steckte die Erleichterung darüber, dass sich gerettet worden war vor den Frauen.

Ich flennte nicht.

Ein Kräuter verhalf mir zu der Erkenntnis, dass die Liebe nicht nur unter den Gegenständen dieses Raumes nicht zu finden war, sondern gänzlich aus meinem Leben verschwunden. Der Moment war gekommen, aufzustehen, das Licht zu löschen, das Haus zu verlassen und Albert nachzugehen, von dem ich hoffte, er wäre nur ins Wirtshaus gegangen.

Personal hätte ich dringend gebraucht.

HOLTE SIE AB VOM Ostbahnhof, siebter Oktober 2001, führte sie in Alberts Wohnung. Stellte vor: »Künstler und Trinker und Unterstandslose und Vertreter der Heisenbergschen Unschärferelation. Eine Romy Schneider. Bitte sehr.« Fragte: »Wirst klarkommen?«

Jemand: »Erst mal ein Bier.«

Sagte: »Albert kennst du.«

Jemand: »Und ob.«

Sagte: »Auf dich.«

Jemand: »Wen?«

Sie sagte: »Ich sehe nichts.«

Sagte: »Wird schon.«

Jemand: »Albert.«

Sagte: »Hier sind sie, alle für dich«, und sie: »Dank dir.«

»Sehr gerne.«

Ich blickte zu Albert und setzte ihn in Bewegung vom Türrahmen und griff ihn am Ellbogen und küsste ihn auf den Hals und hörte ihn ihr ins Gesicht sagen: »Willkommen.«

Es war unser 31. Geburtstag. Ihr letzter.

Sie sei versorgt, sagte sie eine Gemütslage später, sie bedaure, dass es kein Militär gebe mehr an diesem Heute, das die Prospekte hinunterpariere. »Eins, zwei«, rief sie in die Runde und begann zu marschieren auf dem Laminatkarree, auf dem sie stand, eins, zwei, eins, zwei, und jemand sagte: »Wir sind hier nicht in Petersburg«, und sie: »Das ist es ja.«

Man begriff, dass wir Geburtstag hatten, lachte über einen Wunsch, den sie laut äußerte, und identifizierte sie, nachdem sie mich *Du Eimer* genannt hatte, vollends als Verwandte. Machte die Lebenslauftruhe auf und begann, ihr Bruchstücke der eigenen Existenz ins Glas zu werfen, und schwärmte für sie auf der Stelle, obwohl man für sich selbst schwärmte an dieser Stelle, deren Bemerkenswertes einen mit Wärme zwischen den Schulterblättern anfüllte, und sie saß sich ein auf ihrem Stuhl. Und man begann, sich selbst zu mögen, man hörte sich seine Geschichten an, erneut, oder: zum ersten Mal, während man ihr erzählte, spürte, wie sie beinahe fanatisch zuhörte, und man unterschied nicht zwischen dem Eindruck und dem Wesen der Situation, vielleicht fielen sie ineinander an diesem Abend, die beiden, und fast hätte man angefangen, mit ihr zu flirten, aber jemand riss das Ruder herum, indem er sagte: »Wo bist du her?« Romy Schneider lachte in der anderen Ecke.

Jemand, dessen Stimme ich kannte, sagte: »Eigentlich bin ich für den Feiertag vorgesehen gewesen, und es ist die Schuld meines Vaters, dass es nicht so gekommen ist. Wenn er nicht tot wäre, ich hätte mir längst Gedanken darüber gemacht, ob ich ihm dankbar sein oder ihn verteufeln soll dafür. So aber bleibt mir nichts anderes, als ihn in seiner Legende zu lassen. Es lebt sich leichter. In jedem Fall: die Mutter, tiefschwanger in den ersten Oktobertagen, schleppt sich von Bett zu Stuhl, von Stuhl zu Waschbecken, von Waschbecken zur Zigarette abends, die ihr der Arzt zur Linderung verschrieben hat. Man weiß ja: Besser eine als keine, die nächste allerdings zählt doppelt, und so hat sie es auch gehalten während der neun Monate mit mir, und ich glaub ihr das: Hab genug Luft im Kopf, ist doch so. Und so hält sie es auch bis in den Oktober hinein, und als sie am sechsten eben auch die eine in den Fingern hat, gegen siebzehn Uhr muss das gewesen sein dann: Die Republik drehte schon wieder die alljährliche Orgel, und an der Innergrenze galt dann Orange in der Hoffnung, es gäbe einen Grund, uns überfallen zu wollen, wäre eine Interessensbekundung gewesen, nicht wahr, deswegen: Orange wie: Aufmerksamkeit.

Da wird es ihr so elend. Ihr zieht es im Rücken, von den Nieren über den Steiß über die Kimme über den Damm unter die Bauchdecke, und, so stelle ich es mir vor, es hätte die Vorhut eines irrwitzigen Höhepunktes sein können, hätten die Vorzeichen nicht das andere nahegelegt. Sie schleppt sich also zum Nachbarn, der den Vater anruft: auf Arbeit, nix: anderes Bett und so weiter, nix, und der Vater kommt sofort an mit dem Auto, hievt die Mutter, die schon nicht mehr ächzt, in den Wagen und gibt Gas. In den ersten Straßen beruhigt sich ihr Körper langsam, und sie legt dem Vater die Hand aufs Knie, lässt den Blick raus auf die Großstadtfassaden, will sagen, dass sie wieder umkehren können, holt Luft schon, formt die Worte bereits, als der Vater auf die Prenzlauer einbiegt: Chaussee, nicht Allee, und wieder Gas gibt, und sie rattern über die Kopfsteine, auf dem Weg nach Buch, und sie zieht die Hand zurück, saugt die Worte in den Hals und stößt, während der Vater Gas gibt, ächzend aus: ›Mach hin.‹

In der Klinik komme ich zur Welt dann, ratzfatz, neunzehn Uhr fünfunddreißig und so weiter, Sternzeichen: Waage und so weiter, Identifikation, äußere Merkmale und so weiter: Junge, prognostiziertes Geschlechtsverhalten: lesbisch, ha, Quatsch und so weiter: Schon mal einen lesbischen Mann gesehen? Lach nur, Romy.

Auf jeden Fall: Vater und Mutter auf dem Rückweg, und noch kurz vor der Stadt horcht der Vater auf, sieht auf seine Frau, merkt an, dass wir jetzt zu dritt seien, sagt, und ich glaube ihr das, der Vater soll noch gesagt haben: ›Eine Merkwürdigkeit, man kommt als Paar und geht als Gruppe.‹ Sagt das, bevor er auf einen Kleingartenweg biegt. Bevor er den Wagen hält, den ersten Gang einlegt, den Motor abstellt, aussteigt und sagt: ›Ich leg mich mal drunter.‹ Auch die Mutter hatte das Röhren gehört, und es war ihr nichts Neues, starten zu müssen, Gas geben zu müssen, während der Vater den Schaden behob, Routine eigentlich, würde ich heute sagen, aber sie hatte mich erst weglegen müssen an dem Tag, der dann ein Feiertag gewesen ist, sie legte mich zuerst auf den Rücksitz und setzte sich dann ans Steuer, es ist ihr schon einigermaßen gegangen an diesem Morgen, aber vielleicht ist es dieser eine von der Erfahrung abweichende Handgriff gewesen: Kind auf den Rücksitz legen. Der die Mechanik der Zeit, der Reparatur, der Wiederholung: Versteh mal, außer Kraft gesetzt hat und sie vergessen hat lassen, den Leerlauf einzulegen, Alarmstufe: Orange, sag ich nur, und: der Vater eine

Legende. So ist es gekommen, dass mein Geburtstag nicht nur der Todestag meines Vaters ist. So kam es also, dass ich als mein eigener Vater zur Welt kam.«

Kurz schwieg man und goss sich nach und hörte den Kuss nachhallen, den ich Albert für seine Rede auf den Hals gab, und trank einen Schluck, als jemand fragte: »Wo bist du nun her?«, und ich spürte sie unter der Beweislast einsinken, und sie öffnete ein Bier, ließ sich Zeit, sagte: »Aus dem Süddeutschen«, und: »Ich habe Geburtstag heute, ich werde 31 heute«, sie sagte, sie sei getauft und gefirmt, und ehe sie weitersprechen konnte, ich war ihm dankbar dafür, dass er einsprang, Albert, mein Vertreter der Heisenbergschen Unschärferelation, sagte er: »Volkstümelei hat noch nie zu etwas geführt.«

Als ich sie ansah, darüber erleichtert war, dass ich es längst hinter mir hatte, was sie gerade erlebte, als mich ihre Bekümmerung darüber anflog, dass sie selbst unter Gesellschaftslosen kein Asyl suchen konnte, stand ich auf, sagte: »Auf die Anekdotenlosigkeit des Westens.«

Und wir prosteten uns zu, sie und ich, sie und die anderen, die anderen und ich, und dann saßen wir und tranken und lachten und riefen über dieses und das, und ein Künstler hatte noch ein Lied in petto.

Im Morgengrauen hatte sie angefangen, Romy Schneider das Haar hinter die Ohren zu streichen. Die Trinker und Unterstandslosen saßen versteinert oder bellten oder purzelten über den Holzboden oder hinterließen Flecken an den Wänden oder schrieben Wörter auf die Zeitungsränder oder legten noch auf, und jemand sprach, die Stimme musste vom Fenster gekommen sein, jemand redete, am Fenster stehend, während sich Romy Schneider auf den Hals küssen ließ, jemand erzählte etwas über die unkontrollierbaren Wechselwirkungen zwischen Objekt und Messgerät, er musste am Fenster gestanden haben, den Himmel, der sich langsam orange färbte hinter den Schornsteinen, betrachtet haben dabei, und ich nahm das nur noch am Rand wahr.

SILVESTER 1979 DURFTEN WIR bis weit nach Mitternacht aufbleiben. Die Eltern hatten Freunde, wie es hieß, eingeladen, Menschen, die ich ab und an davor, nie mehr aber danach gesehen hatte. Martha und ich saßen berückt vor der blauen Flamme des Fonduefeuers, spießten Brotwürfel auf und rührten im warmen Käse, dessen Kirschwasser uns selig besoffen machte. Ich ließ Silberzwiebeln zwischen den Zähnen klirren und stellte mir vor, sie seien aus Glas. Nach dem Essen wurde der Käsetopf durch einen anderen ersetzt. Feuerzangenbowle habe sie lange nicht gehabt, sagte die Freundin, und die Mutter errötete vor Freude. Bereits während des Feuerwerks sahen wir, dass es der Mutter nicht gut ging. Auf dem Hof standen wir im Kreis, den sie mit ihrem Sektglas abwanderte; auf den Absätzen unentwegt umknickte und allen ein gutes Neues wünschte. Martha und mich küsste sie auf die Scheitel, wandte sich dann dem Vater zu. Die Mutter spitzte die Lippen, näherte das Gesicht dem Vater, auf seinen Mund zielend. Der Vater wich aus, klopfte ihr auf die Schulter und sagte: »Komm.« Ein Bild für die Ewigkeit. Drinnen auf dem Sofa sah sie mich an wie eine Blinde, sagte: »Mein Schätzchen.« Martha und ich hielten ihr die jeweils andere Hand und schauten dem Vater und der Freundin zu, die bei diesem Tänzchen ebenfalls Probleme mit der Auslegware bekam. Als der Freund die Mutter aufforderte, krallte sie sich an unsere Hände, schüttelte heftig den Kopf, obwohl *Die Capri-Fischer* lief, und fing aus einem Grab heraus an zu weinen, von dem ich heute weiß, dass sie zugleich in es hinein heulte. Diskret, wie es heißt, verabschiedeten sich die Freunde. Dabei waren sie nur höflich zu sich selbst. Martha wankte gemeinsam mit der Mutter ins Ehebett. Ich blieb beim Vater sitzen, der eine frische Schachtel Zigaretten öffnete, und wartete auf ein Ende, während sich im Fernsehen die Schlager obszön über die Ereignisse hinwegsetzten.

AM KÜCHENTISCH DIESES HAUSES sitzen, unter seinen Decken, unter denen wir aufgewachsen waren, Martha und ich. Sie hat es bis zum Ende bewohnt, dachte ich, steckte den Brief in sein Kuvert zurück und erinnerte mich daran, dass man uns gesagt hatte, dass man die Mutter ins Kreiskrankenhaus geschafft habe und Martha dort zur Welt gekommen sei, genau wie ich sechs Minuten später. Nach zehn Tagen im Brutkasten kam sie an die frische Luft und bekam Kindergelbsucht. Diese frühe Entsprechung zur Leber charakterisierte sie zu früh und in ganz und gar falscher Weise als Cholerikerin, wohingegen ich immer für die Nachdenkliche gehalten wurde. Dabei war es genau umgekehrt, dachte ich. Unsere Erziehung zog die Welt der Ideen der der materiellen Dinge vor. Martha hielt sich sehr früh für einen Engel. Sie installierte die interessantesten Spiele der Nachbarschaft. Sie stellte mich zwischen die Pfosten eines selbst gebauten Tors, ballerte los und gewann zweistellig zu null. Sie machte mir die Spitzbubenleiter über den Zaun, und ich holte den Ball aus Nachbars Garten. RobertdieStraßehinunter bohrte in der Nase und fragte mich nach den Geheimnissen. Ich verriet nichts. Als wir fünfzehn waren, zog sie mich beiseite und sagte: »Es ist unüblich für diese Zeit, Süße, aber sie haben etwas verändert. Ich spüre es ganz deutlich. Ich meine, sie haben ein Jahr festgelegt. Eine Zahl, die alles ändern soll. Sie haben einen Jahrgang kreiert. Ich frage nur: Wer sind sie denn?« Im Jahr darauf spielten wir Tschernobyl. Das kann es nicht gewesen sein, dachte ich, steckte den Brief ein, zog die Haustür hinter mir zu und ging Albert nach.

IN JENER ZEIT GINGEN unsere Nachtkastenlampen spät aus. Martha reiste mit *Timm Thaler* nach Hamburg und suchte tagsüber ihr eigenes Lachen, ich versank als *Momo* in der Zeit als Konzeptkunst, nur war der Ausstellungsraum mein Leben. Beim Ministrieren taumelte ich die Altarstufen hinauf, fiel nach der Wandlung in Ohnmacht. In der Sakristei wurde ich wiederbelebt und kehrte zurück, wenn auch nicht in die Gottesdienste. In einem Gespräch, das der Pfarrer mit der Mutter und mir führte, fragte ich: »Was ist die Ewigkeit?« Der Pfarrer antwortete: »Gott ist zeitlos.« Beim Nachtessen heulte ich in den Teller. Martha hatte es besser, da sie sich an Jesus festhielt, auf dem ich, in Form ihrer Gestalt, im Wald reiten durfte. Nachts sehnte ich mich nach ihrem Körper und schlich in ihr Zimmer. Sie ließ mich auf ihrem Bauch liegen und sponn die *Geschichten der 101 Tage* fort, dabei wollte ich lieber *Scheherazade* sein, aber das Wissen darum, dass sie die beste Schriftstellerin aller Zeiten werden würde, beruhigte mich, und ich schlief ein. Dem vollkommenen Tandem, das wir die siebte Klasse hindurch bildeten, konnte mein verfrühtes spirituelles Erlebnis, die Ohnmacht während des Ministrierens, nichts anhaben, im Gegenteil: Ich ließ mich an Martha zergehen und umschloss sie wie ein Heiligenschein, vor dessen Licht sie sich elegant und klar abzeichnete.

ALS ER SAGTE: »DER Tag der gemeinsamen Währung.« Als er sagte: »Die finnische Sauna.« Als er sagte: »Silvester 2001 in Helsinki, an Neujahr die nächste Währung.«

Der Wirt polierte Gläser hinter dem Tresen, während Gäste Karten spielten. Wir saßen am Fenstertisch, Albert mir gegenüber. Mir war nach Reden zumute in diesen Stunden, beinahe gleichgültig, ob ich nur noch Worte formte zu Grüßen aus einer Bewusstseinskloake. Am Fensterkreuz über uns hing ein Geweih. Als der Wirt die nächste Bestellung aufnahm, fragte Albert ihn nach Ort und Zeit der Jagd, bei der dieses Tier getötet worden sei, aber ich ging dazwischen. »Trophäensammler«, sagte ich.

Ich sagte: »Trophäensammler«, und als der Wirt zögerte, zu einer Geschichte des Geweihs anzusetzen, sagte ich noch einmal: »Trophäensammler.« Der Wirt wandte sich ab, um dem Streit, der jetzt zwischen mir und Albert entfacht war, in seiner Unannehmlichkeit nicht beiwohnen zu müssen.

Die nächste Stunde saßen wir am Fenstertisch, und während der Wirt Gläser polierte und für die Kartenspieler hin und wieder einen Schnaps auf den Tresen stellte, entwickelten wir eine Wellenbewegung. Zuerst sprach ich, dann Albert, hin und her, ein Dialog. Dann stieß ich ein Wort aus, *Trophäensammler* vielleicht, auch *Diktatur* oder *Reflektionssport,* woraufhin Albert zu einem langen Referat anhob, welches ich, während ich den Wirt um einen Wein winkte, mit einem kurzen, aber aggressiven Monolog beendete. Der Wirt brachte mir ein neues Glas. Ich versuchte, Albert zu küssen, aber er zog den Kopf weg. Ich setzte an, ihm den Wein ins Gesicht zu schütten, was Albert abwenden konnte, mit Worten. Er beschwor mich: »Die finnische Sauna, Silvester 2001.«

4

DAS GANZE WIRTSHAUS STAND um mich herum, die am Fenstertisch in sich zusammengesunken war. Die Trauer, die ich bereits beim Betreten der Wirtsstube in den Augen getragen hatte und die die Kartenspieler auch noch während ihres Gesprächs mit meinem Begleiter, »Ich sag euch: Journalist«, hatte ihnen der Wirt beim Servieren der Biere zugeraunt, bemerkten. Die ich in jedem Fall auch dann noch auf der Brust hatte, als sie meinem Mann während des Gesprächs über die Hand strich. Diese Trauer kannten sie, auch wenn man den Rest bisher nicht gesehen hatte, vor allem nicht meine Kraft der Verzweiflung, die einer der Kartenspieler, als er Herz zog, Angriffslust genannt hatte.

»An der Krümmung ihrer Wimpern erkenne ich das«, hörte ich ihn durch einen Schleier hindurch sagen, woraufhin der Wirt, der gerade Bier servierte, als einer Herz zog, entgegnete: »Willst unter die Dichter?«

Meine Trauer kannte man von den eigenen Frauen. Vor allem aber die eigene Furcht vor den traurigen Ehefrauen, aber die Leidenschaft, mit der ich am Fenstertisch Albert betrank, hatte man noch nicht gesehen, wenn nicht: ein einziges Mal, in einer Zeit, als man mit einem Relief von Ufersteinabdrücken am Körper nach Hause gegangen war.

»Die 60er«, sagte einer, als er Trumpf zog, weil er Herz nicht zugeben konnte, und obwohl sie später um mich herum standen und auf mein Haar starrten, das wie eine Perücke neben meinem Kopf auf dem Fenstertisch lag, obwohl man meinen Scheitel fixierte, horchte man gespannt auf den Journalisten, der nichts tat, bis einer sagte: »Was tun wir jetzt?«

Sie versuchten, ein Wort von meinem Mann, dem Journalisten, zu erhaschen, aber Albert saß bloß und atmete. Keiner schaute ihn an. Als ein anderer sagte: »Ich ruf den Notarzt«, sich in Bewegung setzte, griff ihm Albert in den Arm, und nun schaute das ganze Wirtshaus auf ihn, als er sagte: »Sie schläft.«

AN DEM ABEND, DER auf das Aufziehen von Marthas Nachtkastenschublade folgte, dirigierte Albert eine Gruppe von Männern durch die Wirtshaustische. Die Männer trugen meinen Körper, seine Frau. Albert ging ihnen hinterher, zeigte auf die Eckbank, warnte die Männer vor den Tischkanten in Bezug auf meinen baumelnden Kopf, und strich mir, als ich dann auf dem Bankpolster lag, das Haar aus dem Gesicht. In ihm war die Hoffnung, ich möge nicht mehr aufwachen, und dieser Gedanke überschwemmte ihn, mit einem Mal, mit Zärtlichkeit. Er ließ sich von dieser Regung überwältigen, von der er, wenn ich ihn gefragt hätte, nicht hätte sagen können, ob sie nur ihn selbst betraf, diese Zärtlichkeit, die die Sehnsucht nach meinem Exitus in ihm hervorrief: ob er ausschließlich gegenüber sich selbst zärtlich wurde. Oder nicht. Es gab keine Erinnerung an ein Gewissen in ihm, und in dem Moment, als er begann, mich zu begehren, wandte er sich zu der Gruppe von Männern, die sich wieder zu ihren Karten gesetzt hatten, vergaß mich, obwohl er mir noch die Jacke auf die Hüften legte, aber er war schon mit den Männern beschäftigt, mit den Männern, an den Karten sitzend. Das Begehren an mich: Ich gehe in dich hinein, dachte er fast in derselben Sekunde, wurde von seinem Körper vergessen, und er war schon bei den Kartenspielern, als sein Blick noch meine liegende Gestalt strich. Er wandte den Kopf zu der Männerrunde, ging hin, und es geschah, dass er, während er sagte: »Gestatten, der Albert«, das gesamte Alphabet seiner

Frauenliebe: der Liebe zu mir, in wenigen Sekunden erlebte. Das Metaphysische dieser Sekundenvergangenheit blieb ihm zwar nicht verschlossen an jenem Abend. Wenn überhaupt, würde er am Ende der Nacht auf den Exitusgedanken zurückgekommen sein, aber so sagte er: »Gestatten, der Albert«, setzte sich zu den Männern, vergaß alles, was ihn betraf, und schob hinterher: »Wir sind am Beerdigen.« Diesen Zustand hatte er immer *Die Recherchekondition* genannt, und es war ihm bewusst, als er: »Gestatten, der Albert«, sagte: wie lange er auf diese Verfassung gewartet hatte.

»DAS PERLMUTT DES GRIFFS ist mir gleich aufgefallen«, sagte der Mann, der der letzte vierte Mann des Abends geblieben war. »Es war im Sommer 66«, sagte er einen Kurzen später, »in dem Sommer, als das halbe Dorf wegen des Hochwassers auf den Beinen gewesen ist und vor allem die Fischer, Bootsverleiher und Strandcafébesitzer, einer nach dem anderen, zu mir kamen, obwohl ich kein Pfandleiher, sondern der Erste und bis heute einzige Antiquar am Ort gewesen bin.«

Zuerst habe ihn noch das schlechte Gewissen geplagt: »Wer verdient schon gern am Leid anderer Leute«, sagte er. Zumal man sich untereinander kenne: Wenn man nicht gemeinsam in der Volksschule gesessen hätte, sei man verwandt, verschwägert oder durch Handel verbunden gewesen. Die ersten habe er mitsamt ihren Habseligkeiten nach Hause geschickt. Als es dann aber tagelang nicht aufgehört habe, das Ding-Dong: die Ladentür, sei er dazu übergegangen, zuerst die kleinen Dinge, von der Taschenuhr des Bootsbauers bis hin zu den großen, »anzunehmen«, wie er sich ausdrückte.

»Ich habe ihnen zuliebe angenommen«, sagte er, und der Zufall habe es gewollt, dass er in diesem Sommer ein wenig auf der Seite hatte, da sein Vater im Mai verstorben sei. Ohnehin sei das Jahr 1966 ein rabenschwarzes für den Ort gewesen und auch für ihn: Zuerst dieser Todesfall, dann eine Gallenoperation seiner Frau, und schließlich das Hochwasser, das das halbe Dorf in den Ruin gestürzt und die Stimmung für mehrere Jahre verpestet habe. »Abgesehen von der stickigen Luft, die ein Hochwasser verbreitet, obwohl es sich nach einer Woche wieder zurückzieht. Abgesehen von dem morschen Holz, das ein zu hoch stehendes Wasser an den Stegen und den Hütten hinterläßt. Abgesehen von dem Moder in den Kellern der Uferhäuser. Haben die Leute, zu Kaulquappen geworden, angefangen gelb zu werden, dunkelgelb waren alle dann, denn«, sagte er und öffnete eine Schachtel Zigaretten: »denn wie Sie wissen, gebiert Not den Neid. Und dann hat die Peggy im Laden gestanden, und wenn ich ihre Nase, deren Haken ich jeden Freitag beobachtete, wenn sie meiner Familie den Fisch fürs Mittagessen einwickelte, einen winzigen, für mich aber sichtbaren Haken, wenn ich ihre Nase nicht erkannt hätte an jenem Tag im Sommer 66, an dem sie auf einmal in meinem Antiquariat stand. Mir ist bis heute so, als hätte ich die Ladentür nicht gehen hören, ich weiß noch, es war vor Mittag. Ich hätte die Peggy nicht gekannt. Es gibt viele Geschichten von Leuten, die sich über Nacht, oder wie wir hier sagen: auf einen Schlag, verändern, also ich meine: körperlich. Die vor Schreck kurzsichtig werden zum Beispiel, das kenne ich am eigenen Leib. Ich hörte, dass der Vater gestorben war und hatte, er ist noch nicht einmal unter der Erde gelegen, urplötzlich, so zeigt sich mir das bis heute, urplötzlich hatte ich eine Brille im Gesicht, noch bevor wir den Vater beerdigt hatten. Schmiss ihm als Brillenträger sozusagen die letzte Handvoll hinterher und empfand das unter aller, aber das steht auf einem anderen Blatt. Oder: Der Seewirtbruder, der zwar schon immer gerne getrunken hat und auch in diesem Sommer noch vor Mittag das Paulanerbraun auf der Haut, nie aber diesen dritten Arm hatte, dessen Bruch er auf einmal drüben im Kreiskrankenhaus hat kurieren lassen wollen im Sommer 66, und die Ärzte, obwohl sie sich mit dem Freud noch nicht ausgekannt haben, spekulierten über eine Weigerung des Seewirtbruders, beim Hochwasser mit anzupacken, deswegen habe der den Bruch seines dritten Armes erfunden, weil er nicht imstande gewesen ist mit anzusehen, wie buchstäblich alles den Bach hinunterging, und auch, als sie ihn dann unter Anwendung körperlicher Gewalt aus dem Krankenhaus geworfen haben, war der Seewirtbruder nicht dazu zu bewegen, die Existenz seines gebrochenen dritten Armes aufzugeben, und an dieser Erfindung, die ihn noch mehr hat saufen lassen, ist er dann auch verreckt im Jahr drauf, obwohl es seine Leber gewesen ist, die zirrhotisch vorgefunden wurde und es nichts mehr zu machen gab außer: auf den Tod warten, aber der Seewirtbruder hat bis zuletzt an seinem dritten Arm festgehalten.«

Der Antiquar dampfte still den Rauch durch die Nase aus. »Ein Frühjahr später«, fuhr er nach einer Weile fort, »habe ich ihn noch auf der Straße neben sich greifen sehen. Es kam mir so vor, als schüttle er der Luft neben sich die Hand, und dann habe ich erst wieder durch die Zeitung etwas von ihm gehört, wo sie ihn dann eingerahmt hatten, also: seinen Namen hatten sie umrandet und darüber hat das *DerHerristmeinHirtemirwirdnichtsmangeln* gestanden. Noch vor Mittag«, sagte der Antiquar und zerknäulte das Zigarettenzellophan in seiner Hand.

»Ich bin mir sicher jetzt: Es ist vor Mittag gewesen, dass ich die Peggy beinah nicht gekannt hätte, sie war schlohweiß geworden, über Nacht hatte sie weißes Haar bekommen, wie sie mir, nachdem ich meinen Schrecken erfolgreich habe verbergen können, ich habe einfach die Hand zur Faust geballt: Das hilft immer«, sagte er, hielt die Hand in die Höhe, machte sie auf und zu.

»Es hilft immer, wenn man sich, wenn ich das so sagen darf: wenn man sich leibhaftig macht, und die Faust hat mir auch geholfen in diesem Sommer, an diesem Vormittag, zu dieser Geisterstunde, als die Tür nicht Ding-Dong gemacht hat, als ich schon die Faust im Hosensack hatte. Über Nacht habe sie weiße Haare bekommen, wie sie mir erzählte. Vor Kummer, wie sie selbst gesagt hat, als sie diese Damenpistole auf den Tresen legte und ich nicht wusste, ob sie gekommen war, um Schluss zu machen. Wir beide waren erst siebenundzwanzig.«

5

»DER MENSCH KANN ERST klar sehen«, sagte Martha und schaukelte mit den Beinen, »wenn niemand mehr um ihn ist, der ihm sein Leid abnimmt. Zuerst muss er sein Umfeld zerstören, ehe er seiner Persönlichkeit ungefiltert ins Auge sehen kann.« Nach unserem Walzer, den sie abrupt abgebrochen hatte unter den Uferpromenadenplatanen, hatte sie sich auf eine Bank gesetzt, den Platz neben sich mit der Hand gerieben, mich aufgefordert, Platz zu nehmen. »Setz dich hierher«, hatte sie befohlen. »Neben mich setzt du dich jetzt, Schwester«, hatte sie gesagt und in die schrägen Strahlen der Abendsonne: »Das Bemerkenswerte dabei ist: Es gibt die Einen, die von Geburt an darum kämpfen, Menschen um sich zu haben. Eine Sehnsucht umvölkert ihre Körper vom ersten Atemzug, es möge jemanden geben, den sie imstande sind zu halten. Selbst die Mutter ist ihnen fremd, und es ist nicht zurückzuverfolgen, ob es die Mutter selbst ist, der ihr Kind fremd ist, noch ehe sie wusste, dass sie eine Frucht in die Welt setzen würde. Noch ehe es ein Gedächtnis in ihr gab dafür, was ich als die Erinnerung an die Zukunft bezeichne. Oder ob es das Kind ist, das eine, das, verstreut über den Planeten, zu jeglichen Zeiten, Sitten und Gottheiten, in jeder Sekunde der Gattung, die Gruppe der Fremdartigen bildet, die Gruppe der Einen also, denen keine Begegnung im Später euphorisch und erleichternd sein kann. Die Einen wissen zu früh, dass sie sich vergessen haben, und es tröstet sie nicht, dass sie sich nach ihrem Tod ohnehin nicht an ihr Leben erinnern werden können. Denn der Trost entspringt aus der Hoffnung, aber auf die Einen hatte nie einer gewartet. Die Anderen dagegen wähnen sich sicher. Zuneigung ist ihnen nichts Neues, weder diejenige, die sie für sich selbst empfinden, und auch die Liebe eines anderen Menschen nicht. Sie haben kein Gespür für ein Geschenk, das ihnen gemacht wird. Alles kommt ihnen selbstverständlich zupass. Ich bin mir nicht sicher, ob sie besser dran sind als die Einen, die zwar ohnehin nicht warten, weil sie von keinem Ereignis erwartet werden, aber die Anderen, die sich unterstehen, den Mittelpunkt der Erde darzustellen, erwachen, in einem dreißigsten oder dreiunddreißigsten Jahr zumeist, in einer Schalheit, für die sie, sosehr sie sich auch anstrengen zu verstehen, ihr folgendes Leben kein Verständnis aufbringen werden können. Die Anderen werden sich immerzu fragen: Warum konnte ich nicht bei meiner Wirklichkeit bleiben?, wohingegen die Einen schon immer die Antwort gehabt haben, was sie zwar nicht glücklicher, so aber friedlicher macht als die hadernden Anderen, und ich denke, es ist allemal besser, einen ruhigen Zynismus zu pflegen als den hysterischen Wissensdurst, durch den man vor das Jüngste Gericht gestellt wird in einer grausamen Sterbestunde, die die Sterbestunde der Anderen war und ist und gewesen sein wird. Verstehst du«, sagte Martha, in die Abendsonne blinkernd, ihre Züge waren außerordentlich klar. Sie stand auf, ging ans Ufer, krempelte sich die Hosen bis zu den Knien, watete ins Wasser, blieb stehen und hob die Arme.

ES WAR NOCH GELUNGEN, einen Vormund zu beschaffen: mich.

»Das Wichtigste dabei ist«, sagte er, als ich in seinem Büro in der Kreisstadt saß. Es war ein nebliger Vormittag im April. »Das wichtigste dabei ist«, sagte RobertdieStraßehinunter und zog die Brille von der Nase, putzte die Gläser und setzte sie sich wieder auf. »Es ist dringend notwendig«, sagte er dann, »dass wir die Klientin dort abholen, wo sie steht.«

Ich saß in einer vor mir verschleierten Laune. Am Tag zuvor noch hatte ich aufgelegt. Ich war ans Telefon gegangen, am Tag zuvor noch: in Berlin, wohin ich seit einigen Jahren verzogen war. Über einer sogenannten Arbeit war ich eingenickt, mit der Stirn auf die Tasten gesunken. Sofort war ein Traum in Oliv: Ich hatte viele dieser Camouflagezustände, während ich schlief zu dieser Zeit, etwas Olives war in meine hintere Gehirnmasse einmarschiert, als das Telefon klingelte, ich den Kopf von den Tasten hob, entschied, dass ich rangehen würde. Als ich vom Tisch aufstand, das Muster spürte, das mir die Stirn über die Länge eines Nickerchens vergittert hatte, hörte ich am Klingeln schon, dass sie es sein würde, wenn ich ranging, aber ich hatte die Entscheidung schon gefällt und stolperte aus meinem Nachmittagstraum ans Telefon, sagte: »Ja, bitte«, und sie: »Rasende Leichenbeschauer, calling loving darling.«

Mein Auflegimpuls wurde von ihrer Aussage zerbrochen, sie habe alle ihre Versicherungen gekündigt, sie wolle es endgültig ablegen. »Das Leben in der Faschismusschleife kündige ich unwiderruflich auf«, sagte sie, und während ich den Hörer in der Hand behielt, sah ich mir schon die Scherben meines inkonsequenten Verhaltens an, obwohl sie mich erst durch den nächsten Satz endgültig zum Aufgeben zwang: »Ich werd's ihnen zeigen. Auch wenn kein Hahn kräht, auch wenn kein Hahn kräht, auch wenn kein Hahn kräht.«

Das Stichwort wollte mir nicht einfallen. Ich überlegte angestrengt, während sie mir die Versatzteile ihrer Wahrnehmung ans Ohr tackerte. Ich behielt den Hörer in der Hand. Er kam mir nicht in den Sinn, jener Bannspruch, den ich in den Kindertagen immer, oder: einmal, verwendet hatte, um ihr den Garaus zu machen, und mir rannten die Überlegungen in die falsche Spur, sie fingen an, sich in Marthas

Zusammenhängen zu bewegen, und ich, als ich hörte: »Was, wenn er wider Erwarten doch so bösartig sein sollte«, ich antwortete die Wörter, sie waren im Begriff, mir aus dem Mund zu purzeln, ohne dass ich etwas dazu tat. In dem Moment, als ich sagte: »Glaub mir, ich habe noch nie von einem derartigen Menschen gelesen«, spürte ich, in gleichem Maß, den Mordversuch an mir selbst, weil es schon zu spät war. Ich war bereits auf ihr Pferd aufgesprungen.

WÄHREND ZU DIESER UHRZEIT und an diesem Abend, es war Silvester 2001 und der Vortag des Euro, in Deutschland *Dinner for One* geschaut wurde, schlief ich mit offenen Augen in einer Sauna, die etwas außerhalb von Helsinki lag, und dachte an meinen Liebsten, obwohl er, nur wenige Meter entfernt, das Wasser Kelle um Kelle auf die heißen Steine goss. Alle Varianten, was ich mit ihm in Zukunft zu tun gedachte, versickerten zwischen den Hölzern der Sauna. Wir hatten uns im Vorfeld darauf geeinigt, dass wir es ruhig angehen lassen wollten zu diesem Währungsunionsjahreswechsel. Erst Tee, dann Rum, dann Sauna, hatte einer gesagt, der mich um Mitternacht aufs Eis geführt und die Position der Sterne erläutert haben würde, und ich hatte meinen Vorschlag durchgebracht, ich hatte Luft geholt und mit ungeahnt klarer Stimme gesagt: »What would you think of a little fight after the countdown, Albert?«

Ich hatte dabei gelacht und die anderen auch, und es war klar gewesen, dass man Zeuge war bei dem Dialog eines Paares, das, Albert: »Why not, darling?«, sich auf die Fahne geschrieben hatte, nicht aus dem Paradies vertrieben worden zu sein. Damals, vor gut einem halben Jahr, als wir uns gewünscht hatten, die Luft wäre nicht dünn geworden für uns und der Sex schmutzig geblieben. Nach der dritten Runde stellte Albert den Eimer zur Seite, das Zeichen, und dann stürzten wir hinaus, um uns als junge Hunde im Schnee zu wälzen.

»Hep«, rief Samuli und warf mir ein Bier zu. Ich öffnete die Dose, setzte an und nahm einige Schlucke. Mein Körper dampfte nach. Ich sah Richtung Wald, der sich vor dem Himmel der sternenklaren Nacht abzeichnete. Ich suchte nach Sternen, die ich nicht kannte. Ich nahm einige Schlucke, kühlte mir die Stirn mit der Dose, atmete in regelmäßigen Zügen. Kurz überlegte ich, Albert neben mir mit dem Arm zu berühren, ließ diese Regung verebben und nahm einige Schlucke. Die anderen begannen zu frieren und verließen, welch Dramaturgie, dachte ich noch, die Szene. Ich trank einige Schlucke, lockerte das Handtuch, das mir noch um die Hüften gewickelt war, ließ es in den Schnee rutschen, das Bier fallen.

Während ich mich von der Hütte, der Sauna, von allem entfernte, dachte ich an die Biertinte, die, aus der Dose tröpfelnd, im Schnee ihrer eigenen unentbehrlichen Geschichte nachging, und es war das erste Mal, dass für mich, die sich an diesem Abend nackt Richtung Wald entfernte, die Möglichkeit bestand, die Welt ohne mich zu denken.

Auf halber Strecke wartete Albert, wickelte mich in eine Decke, hob mich auf seinen Rücken und trug mich zurück. Noch bevor er mich auf die Füße stellte, sagte ich: »Ich liebe dich«, und: »Es ist aus, es ist aus, Schätzchen.«

UND DANN KLINGELTE DAS Telefon. Nonsens, dachte ich und schlug die Augen auf. Nonsens ist es gewesen, dass in dieser Hütte, während sie sich in Deutschland daranmachten, den Sekt zu entkorken, um gemeinschaftlich etc. etc. etc., dachte ich und schaute auf das Hirschgeweih, das über mir an der Wand hing. Es ist ein an Unmöglichkeit grenzendes Ereignis gewesen, dass an diesem Abend, in dieser Hütte ein Telefon klingelte, Festnetz, dachte ich und: Da habe ich Samuli, den Ausgesprochenen, falsch eingeschätzt. Es klingelte auf dem Festnetz, und es war Martha, die mich verlangte, und ich hatte keine andere Möglichkeit.

Ich ging zu Samuli, nahm ihm den Hörer ab: »Your sister, she says«, am anderen Ende.

»Germany calling, your sister«, sagte sie, und ich legte nicht auf: »Germany«, während Albert die Runde in ein Gespräch über Kalervo Palsa brachte, während ich den Kopf an den Hörer hielt. Noch ehe ich fragen konnte, woher sie wisse, wo ich sei, woher sie die Nummer habe beziehungsweise wie sie sich unterstehen könne, meine Raumzeitverwaltung zu durchkreuzen, sprach sie von einer Explosion, sagte dann: »Hör, was ich gefunden habe, hörhör, in meinem Nachtkasten hat's gelegen, ein Schreiben, wenn ich nicht angefangen hätte, auf dich zu warten, es wär halb so schlimm alles, doch jetzt, hör, was hier steht, liebste Schwester, hör:

Ausfertigung Amtsgericht hoho hoho Vormundschaftsgericht Geschäftsnummer Betreff: Martha R. Beschluss: erstens die vorläufige Unterbringung desSchrägstrichder Betroffenen in einer geschlossenen Einrichtung bis längstens achtundzwanzigsten Februar Jesus Zweitausendzwei wird gemäß pipapo angeordnet Punkt zweitens die Einwilligung zu den unaufschiebbaren diagnostischen Maßnahmen wird erteilt. Fass es nicht nicht fassen kann ich es drittens in die dringende Behandlung des Schrägstrichschrägstrich der der der Betroffenen mit den Neuroleptika Benzodiazepin gemäß laut anliegendem Behandlungsplan wird eingewilligt. Durch den behandelnden Arzt des Bezirkskrankenhauses wird vorläufig gemäß Paragraf achtzehnneunsechs BGB bis zur Entscheidung eines etwaigen Betreuers längstens jedoch bis zum achtundzwanzigsten Jesus Februar Zweitausendzwei eingewilligt.

Viertens diese Anordnungen werden mit Ablauf der vorgenannten Fristen wirkungslos es sei denn dass das Gericht die Unterbringung und die Behandlung für einen weiteren Zeitraum genehmigt hat. Sie werden auch wirkungslos wenn sie vom Gericht vor Fristablauf zurückgenommen oder der-Schrägstrichdie Betroffene aus der Unterbringung entlassen wird. Hörhör: Gründe, hör: Nach den Feststellungen des behandelnden Arztes Doktor Lempa der Wichser leidet der-Schrägstrichdie Betroffene an einer psychotischen Erkrankung und ist und ist stationär behandlungsbedürftig.

ErSchrägstrichsie hat keine Krankheitseinsicht und ist zu einer freien Willensbildung zumindest hinsichtlich der Entscheidungen bezüglich seinerSchrägstrichihrer Erkrankung derzeit nicht in der Lage. Es ist davon auszugehen dass er-Schrägstrichsie für den Bereich der ärztlichen Behandlung mit hoher Wahrscheinlichkeit geschäftsunfähig ist. Ein Betreuer ist noch nicht bestelltdurchgestrichen nicht erreichbar.«

6

SEIT DIE UNIFORM DEN Vater in den gehobenen Dienst gebracht hatte, waren wir mit der Mutter zum Mittagessen allein. Unter Fischstäbchen, Hackbraten, Spaghetti, Schinkennudeln, Milchreis und Apfelquark erzählte sie Geschichten, die um die Vorfahren kreisten. Obwohl Martha sie darauf aufmerksam machte, dass wir kein Problem hätten, ohne Verwandtschaft zu sein – *Wir haben doch uns*, war ihr Satz in dieser Zeit –, erfuhren wir, dass der Mutter das Haus, in dem wir lebten, von ihrer Mutter vermacht worden sei, dass wir uns in einem Haus der Fischer befänden, sie es mit ihrer Mutter und ihren Schwestern bewohnt habe, mit Irma und Peggy, wie die Mutter sagte. In die Namen *Peggy* und *Irma* war Martha auf der Stelle vernarrt. Am Abend saß der Vater neben der Uniform und bedauerte die Kollegen in Wackersdorf. Ich las *Momo* aus, löschte das Licht, schlief über die Dauerschleife *Auf die Welt* ein und träumte von Segelbooten, die mich hinter die glutrote Sonne am Horizont verschifften.

AN ALBERT VERFASSTE ICH am nächsten Tag einen Brief mit folgendem Inhalt:

»Es waren die Gräser der Kindheit gewesen, in denen sie, pinocchiogelenkig, begonnen hatte, die Wörter als Waffe zu gebrauchen. Lange hatte ich mich in der Sicherheit gewogen, die zwischen uns liegenden Minuten würden mir zur Wappnung ausreichen, aber es waren vor allem die Wörter Müssen, Sollen, Dürfen, *die sie zu einem Netz verspann, das ich nicht durchschaute. Und ich sah auch keine Notwendigkeit. Am Zaun zwirbelte RobertdieStraßehinunter die Locken und beobachtete Martha, die an der Wäschestange Klimmzüge*

machte, indem sie, wenn sie das Gesicht auf der Höhe hatte, mit der Zunge versuchte, die rostigen Stellen der Stange zu lecken. RobertdieStraßehinunter fingerte an den Maschen des Drahtes, und noch ehe er seinen Mund zu einem malefizblonden Kichern formen konnte, rief ich ›Fertig‹ aus dem Sandkasten, dem ich zwar längst entwachsen war. War da noch kein Ort für den Ich-Erzähler. In jedem Fall rief ich ›Fertig‹, doch Martha leckte bloß, und RobertdieStraßehinunter tarnte die Erektion mit dem Satz: ›Wirst sehen noch, dass du festfrierst im Winter wie ein Kalb, was festfriert, das Eis trinken will auf der Weide, die der Stall ist.‹ Mein Fertig *verhallte in ihrer Körperöffnung, nur ist es nicht mehr sie gewesen, die dann geleckt hat. Ich suchte meinen Kopf nach dem Bannspruch ab, der einmal funktioniert hatte. Wie gesagt: Jahre ist das nun schon her. Ich bemerkte, dass ich es nicht wieder darauf hatte ankommen lassen seitdem, als er mir eingefallen war, als mir die Wörter einen Ast gebaut hatten und sie mich daraufhin lange in Ruhe gelassen hatte. Ich wollte es nicht noch einmal darauf ankommen lassen. Ich fürchtete, dass mein Erfolg von damals nur eine Laune gewesen sein könnte. Im Übrigen habe ich keine Kraft mehr dafür, Albert. Ich glaube, ich habe sie noch nie gehabt, und auch nicht, als sie mich neulich zum Aufgeben zwang und ich nicht auflegte. Ich glaube, ich habe noch nie einen Bezug gehabt zu diesem Gefühlsschach. Einmal hatte ich gewonnen, es war vor Jahren, ich hatte das richtige Wort zur richtigen Zeit von meiner Zunge fallen lassen. Mir fällt es jetzt nicht mehr ein, weißt Du, mir fällt es einfach nicht mehr ein, Albert. Wahrscheinlich, weil ich mich schuldig gefühlt habe für den außerordentlichen Sieg, den ich gegen Martha damals errungen habe und den auch sie bemerkt hat. Etwas Nervöses war ihr plötzlich an den Nasenflügeln gelegen, und ich hatte das erste Mal Land gesehen. Ich suchte nach dem Wort von damals, als ich ihre Stimme am anderen Ende der Leitung hörte, das Wort, das sie schon einmal hatte stoppen können in ihrer Welle, die als Wahrheit getarnt nichts weiter versuchte, als mir die Wahrnehmung wegzuspülen, während ich noch versuchte, mich an das Wort zu erinnern. Es sind die einzigen Tage gewesen, in denen sie dann das Maul gehalten hat mir gegenüber, Albert. Ich suchte nach der Erinnerung, als ich suchte und mir nur das Wort* RobertdieStraßehinunter *einfiel und ihre gespreizten Beine, nicht als Wort. Mir fiel das Wort* Lecken *ein und das Wort* Rost *fiel mir ein, das Wort* Knochen *und das Wort* Holz, *das Wort* Pinocchio, *die Wörter* Späne Nase Gelenke *in einem,* Grün *fiel mir ein,* Button, Sand *und* Schnecke, *auch* Haare *als Plural, dann* Nagel *als Singular,* Malefiz *für blond fiel mir ein, und auch* Kichern *noch mal, und dann auch noch einmal* Lecken, *und ich dachte* Lecken *und sagte plötzlich sehr laut in den Hörer:* Fertig. *War die Leitung still, und ich war auch wieder still, und ich blickte zu meinen Füßen hinunter und sah die weißen Schneckchen liegen, die ich vor zwanzig Jahren aus dem Sand gesiebt hatte, als Martha erst selbst geleckt und ich dann Fertig gerufen hatte. Es ist zu unser beider Verständnis, Albert«,*

setzte ich unter den Brief, und er antwortete am Tag darauf: »Du solltest mehr schreiben.«

ICH WAR IMMER BESSER darin, unser *Autoritätsproblem*, wie es heißt, zu verstecken. Ich schuf mir Strategien, die mich umgebende Situation durch meine Gedanken zu ersetzen. Auf diesem Weg überstand ich auch unsere Firmung unbehelligt, das heißt unauffällig. Mit geschlossenen Augen kniete ich vor dem geschmückten Mann, dachte an RobertdieStraßehinunter, ließ mich bekreuzigen, stand auf, setzte mich in die

Bank und starrte für den Rest des Gottesdienstes auf die Hush Puppies, die unter des Erzbischofs Sutane hervorlugten. So entging mir auch, dass Martha, die als Letzte an der Reihe war, sich weigerte, die Knie zu beugen und damit Unruhe in der Gemeinde erzeugte, es aber durchzog und schließlich im Stehen den Segen erhielt. Obwohl ich von da an nie mehr Sankt Nikolaus betrat und schon ein Jahr darauf keine Jungfrau mehr war, galt ich fortan an als die Frommere von uns beiden. Den Zorn, der in mir loderte, ließ ich in Martha, die begann, sich in Provokationen gegenüber dem Vater gehen zu lassen, verglühen. Ich verzog mich an die Straßenecke, wo ich RobertdieStraßehinunter traf, und begann zu rauchen. Ich strich ihm durch sein rotes Haar, küsste ihn auf den Hals, während ich um Martha zu Hause wusste, die unsere gemeinsame Kindheit in ihre eigene Terroristenpubertät überführte. Leider war sie um zehn Jahre zu spät, und bis zu ihrem Ende hat sie mich dafür verantwortlich gemacht. Genau dafür. Als hätte ich am Rad der Geschichte drehen können.

HÄTTE SIE MICH NICHT aufgeschreckt aus meinem Berliner Nachmittagstraum, wäre ich an meiner Arbeit erwacht. Starrhalsig wäre ich meines Körpers gewahr geworden, hätte mich umgesehen, auf den Monitor vor mir: tausend Seiten löschen. Das Fernsehgerät im Schlafzimmer hätte mich jubelnd begrüßt, und ich hätte die Arbeit sein lassen, um in seine Röhre zu gaffen. Ich hätte Stunden in ihn hineingesehen, um, bewegungslos, in mich zu gaffen, und aus der Gafferei hätte sich dann ein wenig Geist ergeben, gegen zweiundzwanzig Uhr. Ich wäre zu meiner Arbeit zurückgekehrt, hätte Drucken befohlen, hätte gelesen, angestrichen, verbessert. Ich hätte mir Tee gekocht, und dann wären wieder ein paar Worte über die Tasten getrudelt, unsicher in der Manier, mit stolpernden Fingern, aber ich hätte einen Frieden gehabt beim Glas kurz nach Mitternacht, und auch noch beim zweiten. Es hätte sein können, dass diese Nuance einer Laune dazu ausgereicht hätte, mich körperlich zu machen, in einem Du, wenn es gut lief: Du. Dieses Du hieß Albert in jener Zeit, und auch in dieser, und auch bis heute hieß dieser Mensch Albert, und dann: Wir hätten keine Rücksicht nehmen müssen auf eine vollendete Zukunft, die, seit ich denken kann, Martha konjugierte. Dann hätte ich leichtsinnig *Wir* gesagt in der Nacht, ohne genau zu wissen, wovon ich sprach, aber ich hätte *Wir* gesagt, wäre morgens mit dem Wissen aufgewacht, wo ich mich befand. In den Sekunden nach dem Schlaf hätte es eine Erleichterung gegeben, weil ich gewusst hätte, welchen sanierten Stuck ich zu sehen bekäme, wenn ich die Augen aufschlüge, aber ich war ans Telefon gegangen, an diesem Tag zuvor, hatte mich von ihr durchschütteln lassen, die Arbeit in ihr so Genanntes gleiten lassen, eine Hoffnung geschöpft, dass der nächste Vormittag den Abendnebel aufklaren lassen würde. Ich hatte Albert getroffen, am Abend nach dem Telefonat, aber es hatte kein Wir gegeben, und ich hatte es sofort gespürt, als ich in seine Augen gesehen hatte. Es wird keinen Trost geben heute, hatte ich bereits gedacht, als er das Lokal betreten hatte. Ich hatte die Nacht abgebrochen. Gegen zwei Uhr früh war ich vom Tisch aufgestanden. Albert sprach gerade über den Zusammenhang von Idealisierung und Pornografie. Ich verließ die Kneipe, stieg in den ersten Zug und saß jetzt vor dem Sachbearbeiter des Amtes der Kreisstadt, in der ich geboren war. Der Mann mir gegenüber sagte: »Es ist uns gelungen, einen Vormund zu beschaffen.« Die Belämmerung, die dieser Satz über meinen Rücken breitete, verwechselte ich noch im Moment mit der Wirkung der zwei Gläser

Rosé, die ich mir im Zugrestaurant erlaubt hatte. Ich hielt mir den Kopf mit beiden Händen, negierte die Anforderung der Antwortesekunden, ließ den Kopf los, nestelte in der Tasche nach Zigaretten, steckte mir eine an und sagte, noch bevor der Mann auf der anderen Seite des Tisches mich auf das Verbot aufmerksam machen würde, ich sagte: »Du hast mich nicht gefragt.«

Sah ihm dabei ins Gesicht und auch, dass er einer von denen war, die nicht verpasst hatten: das, was Jugend genannt wird, und ich dachte an Mutter und ihr Mädchengesicht, das sie erst nach dem Ende der Blutungen aus sich herausgeschaufelt hatte, und gleich revidierte ich diese Sichtweise. Sie war doch krank, deswegen hatte das aufgehört, aber zugleich dachte ich: Es ist nicht sie selbst gewesen, die es gestaltet hat, dass sie zum Mädchen wurde, als der Monatskreisel aufhörte, sondern es war das Leben, das als SchicksalSchrägstrichZufall, das ihr als das Leben selbst verkleidet gezeigt hat, dachte ich, während ich dem Mann mir gegenüber ins Gesicht schaute: Das Ende des Monatstodes ist der Tod der Jugenddiebe ist der Tod der eigenen Eltern ist der Tod aller Eltern ist der Tod der Fruchtbarkeit ist die Geburt des Kindes in sich ist der Tod der eigenen Kinder sind die Wirklichkeitspsychopathen, Kinder, die eigenen sind die Fleischesser sind die später Geborenen sind die Vorhut für die Vergangenheit ist das Vehikel auf das sich gesetzt wird mit dem gefahren wird das gesteuert wird das einen fährt das Wille genannt wird bis einer verrückt wird oder tot das Erfahrung heißt das verstanden wird das Erkenntnis einbürgert die verwechselt wird mit Vernunft die sein will die ist in der Mutter bis der Monatstod aufhört der der Mond ist der der Planet ist und ein Spiegelei das gebraten wird und die Jugenddiebe sitzen in den Gräbern und lachen sie sind noch einmal davongekommen aber die Mutter weint über den Raub der mit ihr veranstaltet worden ist und dann lacht sie weil sie weiß dass das Perfekt mit der Gegenwart aufhört sie kriegt keine zweite Chance die jung ist und unblutig und heiter und knochig und sinnlich und langsam und trotzdem und reich und eine Zigarette und ein Papier bedruckt schon und ein Urteil und eine Tatsache und eine Gerbera und gut. Sie ist doch erst 37 gewesen.

Und dann spie ich den Rauch hinaus in die Sachlichkeit des Büros und dachte, während ich den Mann mir gegenüber nicht aus den Augen ließ: Dir hat man nichts weggenommen außer dein Leben vielleicht, Robert, und wenn du es nur bemerken würdest dann wärst du woanders noch ehe du einverstanden gewesen wärst aber was soll es nun die Abschiede die Abschiede und ich setz dir ein Denkmal du Vogel, Robert, und ich mache das gern niemand meint einen anderen wenn er es sagt und auch du Unbekannter sagst *Ich liebe dich* ein Teil der Beschwörungsclique man weiß ja und nun und bevor noch der Hahn drei Male *Kikeriki* krähte hattest du es schon hinter dir aber gekrönt wenigstens das wär schön von dir wenn du mir eine Gestattung gäbest und ich verwechsle die Dinge *Kikeriki* doch ich möchte geadelt sein in meinen Dingen und wenn du Mitte dreißig wärst wie du es bist wie ich sehe es sehe wenn ich dir hinter die Brille schau könntest du mich heben immer schon hatte ich ein eigenes Zimmer und sie sagten du musst dekontextualisieren da kommen die spannenden Dinge und nun verwechsle ich die Dinge und habe Freude und möchte dir meine Arbeitsweise beschreiben und möchte dass du mir fremd wirst und ich deinen Stall nicht kenne aber meine Art wird dich nicht interessieren du Grünspandünnbohrer du wie ist es sich den Arsch platt zu machen wo kämen wir denn hin sagst du aber ich höre es nicht ich möchte verwechseln den Tisch die Wiege das Einmachglas die Torte den

Hobel die Liebe natürlich denke ich wer weiß es denn wer sie gewesen ist Lilith du Schöne flieg nicht davon wozu ist es nütze und alle Tage hat er auf der Wahrnehmungsladen sie riefen Extrablatt und wollten dass ich schlau werde und du schaust fragend ich aber hatte dich schon vor mir gekannt doch schütteln hat nicht wirklich etwas für sich und ich höre in meine Haare hinein und nun geht es ganz gut vorwärts mein ich und ich weiß wie ich arbeite und es lehnt sich auf mit allem was ich habe und ich bürste die Zeit was gegen den Strich ist nicht immer was wert und du sagst Hallo und ich Hallo geht es dir gut und ich nun ja lass fünf gerade sein ich bin kein Partisan aber sie und sage *Kikeriki* und: »Verzeih Robert, ich bin heute nicht ganz auf dem Posten.«

DIE STRASSEN WAREN GERÄUMT worden in der Zeit vor den Weckern, und auch wir hatten einen gestellt, weil selbst die Frühaufsteher durch die Sonne nicht wach wurden, weil sie nicht aufging oder nur oben war, was weiß ich: weil dort, wo wir uns aufhielten, Finnland war.

Gegen die Gewohnheit lag ich schon wach, sah über Alberts Körper auf die Anzeige, griff eine Minute vor der Zeit hinüber und stellte den Wecker aus, und als eine Viertelstunde später unser Gastgeber, ein Polarsternsucher, den Kopf durch die Tür steckte, flüsterte: »Es ist Zeit«, erwachte ich und auch Albert, aber ich erwachte vor allem, weil ich noch einmal eingeschlafen war, ich hatte sofort geträumt, und ich erwachte, sah auf Alberts Rücken, der schon senkrecht war. Nichts sah danach aus, als wiche etwas ab von diesem Verlauf. Ich, liegen bleibend, er sofort in der anderen Zeit, und als er ein paar Augenblicke später wieder ins Zimmer kam und ihn mein Hinauszögern verärgerte, als er mich, eine Tasse in der

Hand, betrachtete und ich allein wusste, dass es heute früh etwas anderes war als meine Widerborstigkeit gegen das Aufstehen, Albert aber die Situation in diesem Sinne deutete. Als ich ihn, triumphierend, die Augen geschlossen, dort ließ, wo er sein wollte. Dann feiere deine Wahrnehmung eben, dachte ich bereits in dieser Herrgottsfrühe, setzte sich Albert, wenn du nicht spürst, ans Bett, ließ den Blick lange auf mir, sagte: »Maria.«

Ich schlug die Augen auf dann, spielte Erwachen, schenkte ihm ein warmes Lächeln und hatte die richtige Betriebstemperatur, um aufstehen zu können.

Die gedämpften Geräusche waren da und auch ein bellender Hund, der seine Jahresendweltanschauung hinausklāffte. Ich spürte nichts vor lauter Wiedererkennung. Ich fragte mich, während ich *Gata* dachte, ob es an mir lag, dass ich, Gata Gata, nicht offen war für die Wirklichkeit, sondern, GataGatePforte, eine leichte Zufriedenheit bemerkte, die nicht nur Helsinki nicht guttun und aus mir eine Komplizin der Fälschung machen konnte.

Ich hatte nichts zu entdecken. Am Ende wird es die Herzlichkeit gewesen sein, Martha, dachte ich, diese Wärme, die, wenn sie von einer schönen Frau ausgeht, nichts als irritierend ist, weil nicht zu entschlüsseln, weil *Schön* groß und *Wärme* auch groß, weil Bekanntschaft kurz und Horizont kurz, weil der Morgen früh war und die Unterscheidungsfähigkeit gering, und weil eine Person sie nicht in einem haben kann, diese beiden Eigenschaften, und weil ich nicht weiß, wo ich mein Wissen hernehme und wo das Gefühl sich versteckt hält, und kein Mensch weiß, was einen Taug hat, und nur der Hund ruft: Helsinki, meine Sinuskurve.

Wir ließen die Stadt hinter uns, ohne dass Kaurismäki am Straßenrand trampte, und als ich die Sprache auf ihn brachte und einen seiner Filme, sagte Albert: »Nein.« Er beugte sich durch die beiden Vordersitze, sagte: »Da bringst du was durcheinander«, und ich wandte den Blick nach draußen und schwieg.

Samuli empfing uns mit Tee und Rum. In meiner Erinnerung ist es, als sei es bereits Abend gewesen, aber sie tut nichts zur Sache, die Tageszeit, dachte ich, wahrscheinlich ist es noch vor Mittag gewesen, als Samuli, der unausgesprochen erwähnt bleiben wird, weil er einen langen Bart trug, weil seine Augen schräg standen wie die der Wikinger, wenn sie mit den Schädeln anstießen, auf dies und jenes, auf einen Sieg, wie es wahrscheinlich in den Büchern steht, Samuli aber nichts zu besiegen hatte. Als ich eine Tasse aus seinen Händen entgegennahm, dachte ich. Als Samuli die Ofenklappe öffnete und mich das prasselnde Feuer bösartig machte, ich ihm meine Hände dennoch entgegenhielt. Dem Feuer und Samuli auch, dachte ich. Von fern drang Männerlachen in meinen Traum. Ich sage nur, dass ich auslasse, dachte ich: Samulis schräg stehende Augen, die so aussahen, als weinten sie. Seine Zentripetalkraft, die auffiel unter den anderen, vor allem vor Albert hob sie sich ab, der, seit ich denken kann, die Energie in der Explosion gesucht hat.

Samulis Projektlosigkeit, wie sie sagen, und auch ich nenne ihn so, seinen Habitus, der nichts am Hut hatte mit: Es ist, es ist nichts, es ist, es ist nichts, es ist und so weiter und so fort. Ich lasse auch aus, dass es am besten wäre, ja, am besten, ich wäre ihm nie begegnet, er wäre nicht in eine Form gegossen worden, die mir dann einen Tee, es ist der Vorabend einer neuerlichen Währungsunion gewesen, ich sage nur: Silvester 2001. Die mir dann auch einen Rum dazu gereicht hätte.

FORTAN VERSCHLIMMERTE SICH DIE Mühle, die die Mutter am Mittagstisch abbetete. Ich machte mich so schnell wie möglich vom Essen davon, da Martha begann, in die Texte mit einzustimmen. Die beiden hatten sich auf die Geschichten um Irma und Peggy geeinigt. Das sah so aus, dass die Mutter ein Versatzstück vorgab – in Mathe wurde das Term genannt –, Martha Worte addierte, bis sie dann gemeinsam multiplizierten, solange sie Lust hatten. Ich besah mir die beiden, während ich an der Küchenzeile lehnte. Niemand scherte sich darum, dass ich rauchte. Ich setzte ihnen Tee auf, stellte ihnen Tassen und ihren Kandiszucker hin und überließ sie dem Ritual.

Ich ging nach draußen, traf RobertdieStraßehinunter, sagte ihm, er habe viel schöneres Haar als BummBummBoris und bereitete meinen Körper auf seine erste Fremdeinwirkung vor. Am Abend ließ Martha ein Bad ein und bat mich, mit einzusteigen. Wir stellten unsere Scham-, Brust- und Achselunterschiede fest. »Du hast die süßesten Brüste von allen«, sagte Martha. Obwohl ich mich unter diesem Kompliment wand, beugte ich mich zu ihr und küsste sie. Ihre Augen waren traurig dunkelbau. Zum ersten Mal spürte ich, dass unsere Lebenswege unterschiedlich verlaufen würden.

»SCHON GUT«, HATTE DER Sachbearbeiter Robert gesagt und sich die Brille an die Nasenwurzel geschoben. »Worum es eigentlich geht.«

Er kramte in einem Schubfach. Ich begutachtete die Miniatur einer Eisenbahn auf seinem Schreibtisch.

Er sagte: »Es ist uns gelungen, einen Vormund zu beschaffen, oder, sagen wir so: einen Betreuer, besser: eine Betreuerin: nämlich dich.«

»Wahrscheinlich hast du recht, Robert«, antwortete ich, öffnete meine Handtasche und legte einen Brief auf den Tisch, den mir Martha plus Ansichtskarte einige Tage zuvor geschickt hatte. Robert las vor:

»20. April 2002. Liebe Schwester, es tut mir wirklich leid, dass ich auch bei Dir derart zugehen musste, doch ich bin mir nicht sicher, ob nicht Du es bist, die schon viel früher, zu früh für mich, wegen des Mannes, der Religion oder unserer Liebe, die Du nicht erträgst, bei mir zugegangen bist. Mein Leben, das diesen Namen nicht verdient, hatte nie etwas Menschliches an sich. Ich bin ein armseliger, grauenvoller Lügenbold, von dem Du leider in einer ganz furchtbaren Weise abhängig wurdest. Im Speziellen hasste ich Dich als meine einzige Schwester bzw. Geliebte. Die einzigen schönen Stunden meines Lebens verbrachte ich dennoch mit Dir, doch ich merkte, dass Du meine Anwesenheit nicht ertragen konntest. Noch heute will ich meine verklemmte Art an Dir auslassen, und ich habe gesundheitliche Probleme. Ich zwinge Dich noch heute, mit einunddreißig Jahren, mich zu lieben, obwohl mir das Leben schon lange eine andere Möglichkeit nahelegt. Du hattest wahrscheinlich nie eine große Chance, Dich gegen mich zu wehren. Bitte hilf mir und sorge dafür, dass ich Dich endlich aus Deiner Abhängigkeit entlasse. Ich habe furchtbare Angst. Deswegen versuche ich Dich kleinzuhalten. Ich gehöre an die Wand gestellt und habe Angst, dass man das bald mit Dir machen könnte, für mich. Bitte sorge dafür, dass ich Dich endlich loslasse, damit Du lernen kannst, loszulassen. Du weißt, ich bin gemeingefährlich intelligent. Ich denke, auch Du konntest mich nicht entlarven. Ich war immer ein zu guter Schauspieler, doch Du bist meine einzige Liebe. In hoffnungsloser Trauer, Deine Martha.«

»Ja, das ist ihr Ton«, sagte Robert, der Sachbearbeiter. Ich starrte auf die Miniatur der Eisenbahn, auf die Ansichtskarte, die er in den Händen hielt: Der See war abgebildet, der See vor der Andeutung der Berge, die sowohl sie wie auch ich ein Leben lang gemieden hatten. Das Leben, wie es bis hierhin gegangen war, dachte ich, das Skifahren war nie unsere Sache.

Robert legte mit getragener Miene Marthas Papiere auf den Tisch. Eine Krankenschwester wäre vorstellbar gewesen, mit schönen Nägeln, die ihm morgens den Kaffee hinstellte oder einen Tee, schwarz. Eine irritierende Blondine eher, dachte ich, von der er auch nach neun Jahren Mühe hatte, zur Arbeit davonzukommen, weil er sie kopulieren sah mit einem Fremden, dem Postboten, du Spatzengehirn, dachte ich, oder dem Schornsteinfeger oder einem Patienten, den sie sich, nachdem der Eingriff überstanden war, zur Brust nahm. Einen aus dem Milieu in jedem Fall. Weil jede Frau einen Hang zur Gosse hat. Es wird ihm nicht schwerfallen, das Haus zu verlassen, weil er sie liebt, sondern weil er an ihr amüsiertes Gesicht denken wird, das sie hatte, als sie ihm vor Jahren die Narkose setzte. Bei meinem Blinddarm haben wir uns kennengelernt, wird er an Grillabenden und auf Geburtstagsfeiern sagen, beim Bogenschießen und an Skatabenden, auf die Frage: *Wo hast du die denn aufgegabelt?*, oder: *Wie kommt einer wie du zu so einer?*, oder auf die stummen Blicke, die ihm nahelegen werden, dass er sie nicht halten können wird, obwohl es nun schon glatte neun Jahre sind, während derer er sie gehalten kriegt. In denen er stolz auf sie ist, auf sich vor allem, wenn er es einmal mit einer anderen hat, die ihn nicht aus dem Konzept bringt. Stolz auf sich und seine Nachtschwester, auf deren Geheimnis, sexuell, er den alleinigen Anspruch erhebt. Die er sich immer gewünscht hatte, seit es die Magazine gab früher, und die er nun schon so lange für sich hat. Wird er hoffen, dachte ich, sein klingendes Vögelchen, das nie weiter flog als zu wenigen Zungenküssen an Fastnacht, ausreichend die Tatsache, dass sie kam und gestand und weinte und er sie hielt und ihr dann, einmal mehr, ihr Geheimnis zeigte.

»So wirst du es hoffen. Geht es dir gut?«, sagte ich und schaute auf Marthas Pass, ihr Foto. Lange sah ich mir das Bild an: ihr Haar, das da noch glatt hinter den Ohren lag, obwohl es dazwischen schon tobte. *Mutterhoden* war schon gedacht worden von ihr, dachte ich, auch Worte wie *Korridor, Bewusstseinszeisig, Kirchpilze* und ähnliches. »Das muss bereits alles existiert haben, 7. Oktober 1970«, sagte ich. »Wie standen die Sterne, Robert, als wir geboren wurden und woanders pariert wurde?«

»Geh jetzt zu ihr«, antwortete er.

Ich nahm ihren Pass, stand auf und verließ das Büro.

»SCHAU MAL, WIE DIE parieren«, sagte Martha an unserem neunzehnten Geburtstag, und ich glotzte stumm in den Fernseher. Auf dem Tisch lagen die Sparbücher, die uns der Vater per Post hatte zukommen lassen. Ich rechnete bereits mit 7000 D-Mark an meiner Zukunft herum. »Wir wollen immer zusammenbleiben, nicht wahr«, sagte sie zärtlich und kraulte mir den Kopf.

7

UND DANN WAR ES geschehen, dachte ich, am Tag unseres letzten Zusammentreffens, vergangenen April. Ich saß auf der Eckbank unter dem Hirschgeweih.

»Setz dich zu uns«, sagte er, deutete auf die Stammtischrunde.

»Nur eins noch, Albert«, erwiderte ich und winkte ihn zu mir herüber. Er stand auf und setzte sich zu mir.

Es war das Letzte, was ich an ihn, ausschließlich, zu richten hatte: »Ich bin dann zu ihr gegangen, in ihr Haus, mit ihrem Pass in der Tasche. Ich hatte meinen tragbaren Rechner mitgenommen. *Unser Haus* hat sie es bis zum Schluss genannt, obwohl ich das seit Jahren schon nicht mehr empfand: ›Unser‹«, setzte ich nach. »Ich hatte meinen Rechner auf den Küchentisch gestellt, ans Netz angeschlossen, das Programm gestartet und die Datei geöffnet, die meine Arbeit war, und die sie immer noch ist. Die bis zum heutigen Tag nicht abgeschlossen ist. Wofür sie verantwortlich ist.«

»Du täuschst dich«, sagte Albert.

»Durch die offenen Türen sah ich sie in der Stube sitzen«, fuhr ich fort. »Der Fernseher lief in einer Lautstärke, die es mir unmöglich machte, mich zu konzentrieren. Ich stand auf und ging zu ihr hinüber, um Bedingungen zu schaffen, die du mir, Albert, als Arbeitskondition beschrieben hast. Ich weiß nicht, ob du sie dir erarbeitet hast. Ich war und bin immer nur eifersüchtig. Ein Modus, aus dem nichts entsteht. Jedenfalls hatte ich mir das Wort Arbeitskondition in die Hosentasche gepackt und ging zu ihr hinüber, um es bei ihr zu etablieren, falls sie: es war sicher, dass sie es versuchen würde, falls sie mir die Geschichte von der veränderten Ordnung der Welt erzählen würde, der sie gerade beiwohne und aus der, der Welt, nicht nur sie herausgefallen sei, sondern auch ich. ›Auch du, meine Schwester‹, sagte sie tatsächlich, ›auch du bist Teil der Ordnungspurzelbäume.‹ Ich bezog meine Argumentationsstellung, als ich über die Schwelle zu ihr trat. Es schien mir sinnvoll, mich eine Weile an der Betrachtung des Beitrags zu beteiligen, da sie unansprechbar die Beine über die Sessellehne gelegt hatte, und ich ging so weit, mich zu ihr, auf die andere Lehne, zu setzen. Du weißt, was jetzt kommt, Albert. Um mich zu wissen, ist das Einzige, was du für mich tun kannst. Sei mein Zeuge. Dann kannst du verschwinden.«

Albert schwieg.

»Sie roch betörend dezent«, sagte ich. »Auch das war nichts Neues. ›Was passiert da?‹, fragte ich sie, mit Blick auf den Fernseher, und sie: ›Lediglich das Postscriptum hinter das Ende der Aufklärung‹, und ich: ›Du wirst recht haben, wie immer.‹ Dann griff sie mir in den Nacken. Nichts war mehr sicher. Ich sagte noch: ›Musst du immer so furchtbar tabulos werden.‹ Hatte ich sie schon in mir, nur bin ich es gewesen, die dann im Sessel lag, Albert. Vom Schoßhund zur Göttin, habe ich noch gedacht, doch sie beugte sich über mich. Es blieb nichts anderes, als sich bedienen zu lassen und darin das Glück zu empfinden, worauf man sein Leben lang wartet.

›Laß mich doch endlich‹, hab ich ihr noch gesagt, doch es zog an ihr vorbei, und ich konnte es in ihren bewusstlosen Augen sehen: Ich war abhängig von ihrer Abhängigkeit.«

»Mach weiter«, sagte Albert und stützte den Kopf in die Hände.

»Sagte auch noch: ›Ich muss arbeiten.‹ Daraufhin erzählte sie mir die Geschichte von der Arbeit und der Freizeit: ›So was wie Maloche kennen wir doch nicht, ArbeitArbeit, pah, was du probst, Schwester, ist der Aufstand gegen die bürgerliche Arbeitsethik, und recht hast du ja, gegen Vater und Mutter muss sich gewendet werden, Hobby, der unsinnigste Begriff, den ich kenne. Was wenn nicht Sex soll Arbeit sein, was wenn nicht Scheißen und in die Luft gucken, wenn nicht angeln undoder in Mülltonnen fischen, recht hast, der Mensch: das Werkzeug seiner Umstände, die er nicht selbst geschaffen hat, Herrgott, hundealt, die Sache, und der Gott kann uns nicht helfen, obwohl er nicht tot ist, schau mich an, recht hast du, aber die Kirchenwärme deiner Kindheit wirst du nicht wiederfinden, auch wenn du im Augenblick glaubst, dass sie dich unterdrückt haben. Es ist auch richtig, was du glaubst: Da schwanken sie zwischen Furchterzeugung und Menschlichkeit hin und her, hin und her, und reden von nichts als vom Ficken den ganzen Tag, und ich sage dir, fang nicht an, das Ding-Dong in der Penetration zu suchen, obwohl auch das eine Variante ist zum Hobby, weil der schuldhafte Orgasmus einem jeden anderen vorzuziehen ist, das haben sie immer schon gewusst, wie geil es knallt, wenn es nicht sein darf, und deswegen darf diesbezüglich gar nichts sein, und deswegen will ich dich ficken, Schwester, und du sagst: Ich muss arbeiten, und du weißt nicht, was du mir damit antust, doch bleib dabei, es ist richtig so, wir wären bei unserem Privatvergnügen sonst und somit beim Hobby, also werde dein eigenes Werkzeug, und du wirst sehen, dass dich auch das nicht befreit.‹«

»Du solltest für längere Zeit allein sein«, sagte Albert, »versteh mich nicht falsch.« Er strich mir übers Gesicht. »Verschwende dich, aber an den richtigen Stellen. Du bist es, die den längeren Atem hat. Vergiss Martha. Vergiss mich. Ich muss gestehen: Unser Rock 'n' Roll war nur wegen dir. Ich muss bei meinen Leisten bleiben. Du nicht. Es war eine wunderbare Zeit.«

Mir kamen die Tränen. Ich sagte: »Dann sagte sie noch etwas von Robert, und ich glaubte, sie meinte den Jungen, der früher die Straße hinunter gewohnt hatte, mein Jugendfreund, der mir ihren Pass ausgehandigt hatte, doch ich hörte nicht mehr hin, sondern ging in die Küche, setzte mich an den Rechner, weckte ihn mit irgendeiner Taste auf, scrollte ans Ende meiner Arbeit in Erwartung des letzten Wortes, dem ich anschließen wollte. Ich suchte nach dem Wort *Korridor* hinter dem Absatz, den ich vor ein paar Tagen verfasst hatte, und ich fand es nicht. Einige Male versuchte ich, das Rädchen weiterzudrehen, doch der Strich blieb an der Textstelle stehen, die ich vor Wochen schon geschrieben zu haben glaubte. In gleichem Maß, wie der Strich blinkte, unbarmherzig und bewegungslos, ich an *Korridor* dachte und mein Herzschlag in die Höhe schoss, *Korridor:* ein Puls wie nach der Begegnung mit einer nicht einkalkulierten Person, die nach dem Öffnen hinter der Tür, womöglich der eigenen Wohnungstür, steht. Im gleichen Takt, wie der Puls auch die Flüssigkeit in meinen Augen in Schwingung brachte, machte Martha ihre Klimmzüge im Garten, ich konnte sie durch das Küchenfenster sehen, die Zunge hing ihr heraus, und durch den Schleier der Verzweiflung, *Korridor,* blickte ich auf meine Schwester, die im Gegensatz zur Wäschestange nicht in die Jahre gekommen, sondern sogar imstande war, mir das zu nehmen, was du immer die Arbeitskondition genannt hast, Albert.« Er stand auf, zog mich mit sich. »Vergiss mich nicht«, sagte ich noch.

AM TAG, ALS DER Vater auszog, blieb die Mutter im Bett und Martha am Rand sitzen. Ich saß im Wohnzimmer vor dem Fernseher – Wimbledon –, hörte den Kofferraumdeckel klappen. Dann stand der Vater auf der Zimmerschwelle. Ich begleitete ihn auf den Hof. Er öffnete eine frische Schachtel, warf das Zellophan auf den Kies und bot mir eine an. Wir rauchten, während ihm Tränen übers Gesicht liefen. Von der Hofeinfahrt winkte ich ihm nach, bis ich das Auto nicht mehr sehen konnte. Ich sah zum Wald hinüber. Ich weiß noch, dass ich mich kommentiert fühlte. Im Küchenbüfett kramte ich nach der Kreide, mit der wir die Jahre über Himmel und Hölle gespielt hatten. Ich ging auf die Uferpromenade und umrandete die Schatten der Platanen, einen nach dem anderen, als wären sie Mordopfer.

Das war 1985.

8

AUF DIE FRAGE, WAS es mit uns auf sich habe, antwortete ich dem Antiquar und seiner Runde, es sei doch nicht so schwierig: »Sie kennen die Gebete doch alle.« Ich war zurück in der Runde. Der Wirt brachte Getränke, und ich fuhr fort: »Am Abend desselben Tages hatten wir uns auf eine Uferbank gesetzt. Wir saßen nebeneinander und schaukelten mit den Beinen. Wir sprachen nicht, sondern schauten in die Abendsonne, die auf der anderen Seeseite unterging. Ich wandte den Blick zu ihr. Ihre leicht zusammengekniffenen Augen schimmerten grün geradeaus.

So ist es immer gewesen«, sagte ich. »Nur ist sie jetzt tot und heute der Abend, der auf das Aufziehen ihre Nachtkastenschublade folgt. Ihre Augen wechselten die Farbe von Blau zu Grün. Nur wenn sie in Stimmung war, und das war sie: die edelsten Züge, die ich je an einem Menschen gesehen habe. Ihre Montagstheorie, die sie mir vor Monaten telefonisch mitgeteilt hatte, ich bin bereits an dem Punkt gewesen, nicht mehr ans Telefon zu gehen, wissen Sie, es ist nicht mehr zu ertragen gewesen, ihr: ›Was, wenn er wider Erwarten doch so bösartig sein sollte‹, hatte sie in den Hörer geflüstert, als ich doch rangegangen war im albtraumhaften Nachhall eines Nachmittagsschlafs. Ihre Montagstheorie schimmerte gerade aus ihren grünen Augen.«

»Das sind unsere Geister«, sagte der Antiquar. Die Runde lachte.

»Am Ende sagte sie dann«, schloss ich: »›Ich komme nicht darüber hinweg, dass dies geschehen ist. Andauernd habe ich es vor Augen, kann mich nicht damit abfinden, merke genau, wie lieblos ich werde mir gegenüber. Mehr als dies feststellen kann ich noch nicht.

Ich bekenne: Du kennst mich. Ich bin weder ganz gut noch ganz schlecht. Bei mir folgt auf das Vergehen die Buße und auf die Vergebung die Sünde.

Das ist nicht gut.

An einem einzigen Tag ändere ich mich tausendmal.

Mit meinem Weizen ist Unkraut vermischt, und der gute Samen wächst unter den Dornen auf dem Acker.

Ich bin nicht gehorsam ohne Widerspruch.

Ich bin nicht arm im Geist ohne Gesinnung.

Ich bin nicht rein ohne Flecken.

Ich bin nicht geduldig ohne Klage.

Ich bin nicht demütig ohne Verstellung.

Ich bin nicht froh ohne Maßlosigkeit.

Ich bin nicht traurig ohne Kleinmut.

Ich bin nicht ernst ohne Anmaßung.

Ich bin nicht rührig ohne Oberflächlichkeit.

Ich bin nicht wahrhaft ohne Trug.

Ich bin nicht gut ohne Überheblichkeit.

Ich ermahne nicht ohne Hochmut.

Ich erbaue nicht ohne Falschheit.

Ich habe kein wachsames Herz ohne leichtfertigen Gedanken.

Ich habe kein edles Herz ohne unwürdige Leidenschaft.‹

Prost, Männer«, setzte ich nach und legte die Pistole auf den Tisch.

9

ALS ICH DIE PISTOLE tiefer in den Hosenbund schob, sah ich ein paar frühe Schwalben über mir ihre Achten ziehen. Als mir auf dem Weg zum Wirtshaus eine Eisdiele auffiel, aus der Geigenmusik auf die Promenade drang, und ich stehen blieb. Eine Frau, den Alkohol um die Hüften, saß an einem der Terrassentische, winkte der Kellnerin um noch ein Glas und starrte auf den Schlag der Hose des Geigenspielers, der, seiner Bogentechnik zufolge, einst der Teufel selbst gewesen sein musste. »Danke, Betty«, sagte die Frau, pflaumengesichtig, als ihr die Kellnerin das Getränk hinstellte, dem Geiger zunickend, dass er die allein Sitzende endlich gesondert bespiele. Sie stemmte das Tablett in die Taille, blieb in der Tür stehen.

Als der Geiger sein Instrument auf sie richtete, dass seine Schnecke fast ihre Nase berührte, klemmte sich Irma, die ich mit einem Mal dort sitzen sah, mit den Schenkeln am Bein ihres Bistrotisches fest. Sie schloß die Augen, folgte mit den Schultern dem Takt des Walzers. Sie fuhr sich mit einer Hand durchs Haar und ließ den Kopf zur Musik kreisen, die ihr, leibhaftig, dargeboten wurde. Der Geiger begann, spielend um sie herumzugehen. Irma folgte seinen Tönen, indem sie den Körper der Musik zuneigte. Sie hielt inne bei jeder Pause, die er ihr vorgab und legte, als er drei Triolen hintereinander spielte, den Kopf in den Nacken. Wenn Albert das jemals hätte sehen können. Beim hohen Gis entfuhr ihr ein lauter Seufzer, und ich zog mich hinter eine Platane zurück, um mich kurz abwenden, mich von dem Augenblick wegdrehen zu können, in dem Irma, von der Unterbrechung des Geigenspiels aufgeschreckt, die Augen aufschlug und für lange Sekunden den Blick trug, der leer war wie der von

Schwachsinnigen oder denen, die die Erinnerung verloren hatten oder den aus der Betäubung Erwachenden oder den Sterbenden, in ihrem letzten Atemzug, oder wie der von Versoffenen oder denen, die von einer Liebe umgebracht waren.

»Betty, einen Kräuter noch«, rief die Irma-Frau an die Kellnerin hin, die kichernd im Türrahmen stand. Sie trug ihr Haar rot und hochgesteckt. Bis zu mir konnte ich einen ihrer Eckzähne gold blinken sehen. Sie nahm das Tablett in beide Hände: »Bitte, wie?«, rief sie amüsiert, und Irma erwiderte unermüdlich: »Noch einen Kräuter, bitte, Betty«, und Betty verfinsterte ihre herben Gesichtszüge. Der Geiger schickte sie mit einer Kopfbewegung in die Kneipe hinein. Betty machte auf dem Absatz kehrt, als er zu einem neuen Lied ansetzte, einem weiteren Walzer, die Donau ostwärts, und die Irma-Frau machte es sich gemütlich in der Melancholie, fuhr mit der Musik in die Puszta, dachte an ihre Piroschka. Auch ich ließ mich wieder den Fluss hinuntertreiben und blieb in den Karpaten hängen, wo er nicht floss, der Fluss, egal, ich blieb in den Karpaten, in meinem Fantasie-Osten, Betty, du Blutsaugerin, Betty, trink dort Gefühl, wo keines ist, rote Hure du. Dann wird es kommen, wenn Mädchen geschoren und mit Wachs übergossen werden. Reib die Münzen meiner Sehnsucht in den Händen, ist mir gleich, wenn es nur wirklich wird, das Gefühl. Das Gefühl soll mir egal sein dann und wenn du dir schon was weggeholt hast, der Preis ist hoch, Betty Blutgräfin, egal nur, bleib und zeig mir das wahre Leben, wo es nicht fließt, in meinen Adern nämlich, einszweidrei einszweidrei, und ich werd dich bezahlen, wenn du die Beine aufmachst, dann werden sie kommen und dich holen. Klischees, das einzige Terrain meiner Empfindung, und du zur Transe wirst, pockennarbig, und ich eine Kugel, ungreifbar, Gewänder meines Denkens aber ich sage gegen dich aus was sie hören wollen. Du warst gut bezahlt und ich sag gegen dich aus. Sie ziehen dich an den Haaren und spannen dich auf die Bank. Eine schöne Travestie und ich sage: Die Höchststrafe bitte für eine die meiner Traurigkeit einen Ort gibt und meine Träume deutet und sich bezahlen lässt im gleichen Moment, du fiese schlaue schöne Donauschlampe, zweidrei, die in den Karpaten wohnt, und Irma sagte: »Danke für den Kräuter« und du: »Bitte gern.« Ich trat hinter dem Baum hervor, nahm die Pistole aus dem Hosenbund, es war die Damenpistole mit Elfenbeingriff, ein Erbstück, das ich in Marthas Schublade gefunden hatte, steckte sie in meine Handtasche, lief die Promenade Richtung Wirtshaus, in dem Albert, der mich gerade verlassen hatte, vermutlich zu finden war, und überließ das Irma-Gespenst, den Geigenspieler und die Kellnerin der ungarischen Eisdiele Csardas ihrer unvermeidlichen Horrorshow, die mir darüber hinweghalf, dass sich mir heute mein eigener Leichenschmaus vorstellte.

»DIE PISTOLE HAT SIE dann wieder mitgenommen«, sagte der Antiquar und legte die Zellophankugel in den Aschenbecher. »Aber sie hat mir noch versprochen, keinen Unfug zu machen.«

Albert deutete dem Wirt um noch eine Runde, und die Kartenspieler warteten, bis die Biere auf dem Tisch standen, klopften dem Antiquar auf die Schulter und husteten diskret über seine Tränen, als er zuerst mir zugehört und dann selbst von Peggy, der Fischerstochter, erzählt hatte, deren Familie in den 60er-Jahren alles verloren hatte, was man für einen Familienbetrieb braucht. »Vor allem die Liebe zu Vater und Mutter, vor allem das«, sagte er und nahm einen Schluck, ließ sich von Albert Feuer geben, zog ein Stofftuch aus der

Hosentasche, tupfte sich die Stirn, atmete Rauch durch die Nase aus, bevor er dann vom endgültigen Ende dieser für den Ort identitätsstiftenden Familie sprach.

Er wusste eine unter ihnen: mich.

»Der Zwist, den Katastrophen mit sich bringen«, sagte Albert nach einer kurzen Pause, »ist nie finanzieller Natur. Er fördert in erster Linie den Mangel an Liebe zutage, der im Wohlstand von Sachzwängen den Geldkreislauf betreffend zugedeckt wird. Fällt dieser Wirtschaftsalltag weg, fallen, mit ihm, die Abläufe aus, in denen sich die Menschen bewegt haben, und dieses Bewirtschaftungshitzefrei wird bemerkt. Die empfundene Lücke wird allerdings nicht mit Umarmungen, Radfahren, Gesprächen oder Saunagängen aufgefüllt, sondern zeigt sich in der Verachtung, zunächst für sich selbst, dann gegen die anderen, und dieser Mechanismus spielt sich dort, wo Familie und Wirtschaft zusammenfallen, in einer gesteigerten Betriebstemperatur ab. Diesen Vorgang nenne ich die Kapitalisierung des Persönlichen oder den toten Winkel dessen, was ihr Demokratie nennt.«

In gleichem Maß, wie man Albert nicht verstand, keimte die Erinnerung an die Warnung in den Kartenspielern, die Dumpfheit des Gefühls, dass man einen in die Runde gelassen hatte, der keiner von ihnen war.

»Ich sage nur: Journalist«, hatte der Wirt vor wenigen Stunden gesagt.

Es war nicht einmal Hochdeutsch, das er sprach, weswegen sie ihn zur Verantwortung hätten ziehen können, und selbst dem Antiquar, der einmal in die Stadt zum Studieren gegangen war, blieb nur die gewalttätigste aller Fragen: »Wo bist du her?«

BEVOR ALBERT IN EINE wirkliche Not geraten wäre, zog ich die Pistole zu mir und steckte sie in die Handtasche.

»Miezi, ich bestell noch einen«, sagte ich, den Wirt anlachend, der unschlüssig an einem Glas polierte, dann doch entschied, dass dieser Abend kein Ende finden würde. Zumindest nicht, was die Sperrstunde betraf.

»Du bist froh über den Lauf der Welt, der sich jetzt bewahrheitet: Nur die Frau ist imstande, eine Situation zu entschärfen, nicht wahr?« Ich stand auf, nickte Albert zu, holte mir den Wein vom Tresen ab. Ich hob das Glas, gab einen stillen Toast aus.

Alle nahmen einen Schluck und schwiegen eine Weile. Dann fühlte man sich wieder frisch, und der Suff begann von vorn.

Einer hatte die Idee, wieder Karten zu spielen, und fragte mich, ob ich Skat könne. Ich bejahte, woraufhin sich ein anderer verabschiedete und Albert die Gelegenheit nutzte, mit dem Antiquar ins Gespräch zu kommen. Meine Blätter gestalteten sich schwierig, doch ich reizte aus, was ging, verlor viel, gewann dann aber eine Null, obwohl ich den Neuner blank hatte, und die Mitspieler lachten über meine Risikofreude. »Ich verlier nicht gern«, sagte ich, als sie mich Schneider gespielt hatten. »Aber ich fürchte mich auch nicht davor.«

Ich hatte nicht damit gerechnet, dass der Abend noch meiner werden würde. Die Trennung von Albert war zu unwiderruflich. Vor wenigen Stunden hatte er sich klar positioniert, indem er die Tür hinter sich zugezogen hatte. Ich wusste, dass es endgültig aus war. Ich war eine Weile sitzen geblieben, hatte mich gegen den Kreislaufzusammenbruch entschieden. Hatte in den Vordergrund gerückt, warum ich angereist war: Martha beerdigen. War in den ersten Stock gegangen, in ihr Schlafzimmer, hatte ihren Nachtkasten aufgezogen. Hatte mich in ihr Bett gelegt und die Gedanken schweifen lassen. Hatte begonnen, zu revidieren. War Albert nachgegangen.

Dann bekam ich einen Grand in die Hände, den ich gewann, obwohl ich ihn nicht hätte gewinnen dürfen, die Mitspieler schwarz vor Ärger, und ich: »Wenn ich den nicht spiele, gewinne ich es nicht.« Ich meinte damit meine blanke Pikzehn, die ich als Erstes gelegt hatte und auf die die anderen ihre Pfunde gehauen hatten. »Nur bin ich dann auf zwei Farben frei gewesen«, lächelte ich danach, weil sie mich nicht mehr zu fassen kriegten, obwohl ich auch bei den Trümpfen nicht astrein bestückt gewesen war, doch man konnte gegen mich dann nur noch zwei Stiche heimbringen und zählte am Ende neunundfünfzig Augen, schmiss die Karten hin: »Das gibt es nicht.« Ich lachte und sagte: »Freud und Leid liegen nah beieinander.«

Ich blickte zu Albert und spürte, dass meine Augen heiß wurden, doch ich war nicht bereit, mich verschwinden zu lassen hinter dem, was ich Liebeskummer nenne. Ich sagte: »Wenn ich um meine Schwäche weiß, bin ich am stärksten.«

Beim abschließenden Ramsch versuchte ich drei Mal einen Durchmarsch, scheiterte königlich, und wir beendeten das Spiel. Albert machte Anstalten, auf den Tisch zu steigen. Ich hinderte ihn nicht daran. Wir waren jenseits. Ich hoffte immer noch auf eine Liebeserklärung. Es war mir beinahe gleichgültig, von wem.

Mein Gefühl für Martha verdichtete sich. Man hatte sie wenige Tage zuvor, in drei Teilen, auf den Schienen gefunden. Weder Albert noch mich hatte es überrascht, das wusste ich. Ich war ihr dankbar dafür, dass sie mir das Ende meiner wilden Ehe abnahm, indem sie es mit ihrem Tod zudeckte. Nur so konnte ich davonkommen, Albert verpflanzen, mich ersetzen. Martha, nun endlich liebe ich dich.

In einer Stimmung muss sie gewesen sein, dachte ich und sah auf Albert, der im Begriff war zu fallen. Leer wie eine Sonntagsminute, diese Stimmung, dachte ich und griff nach seiner Wade, um ihn zu stabilisieren.

Es wäre nicht richtig, davon gesprochen zu haben, ich sei in Trauer gewesen an diesem Abend. Es waren lediglich Worte, die mir durch den Kopf gingen. Auch dieses Wort *Lediglich* dachte ich jetzt, in diesen Augenblicken, als ich dem Mann, den ich liebte, half, indem ich, lediglich, den Tischpfosten hielt, damit er anfangen konnte zu tanzen. Der Wirt legte Peter Cornelius ein. Die anderen wurden friedlich und klatschten.

ZUM FRÜHLINGSANFANG 1986 HATTE sich Martha eine großartige Überraschung, wie sie es nannte, ausgedacht. »Sag es auch«, sagte sie.

»Was?«, fragte ich.

»Sag es«, befahl sie, und ich antwortete: »Eine großartige Überraschung.« Ich ließ mich darauf ein, mich in die Truhe zu legen, aber ohne Fesseln, was Martha betrübte. »Das ist die Abmachung«, sagte ich, »es läuft nur ohne.« Es blieb ihr nichts, als zu akzeptieren.

»Kompromisse sind scheiße«, sagte sie noch, bevor sie den Deckel schloss. »Beide verlieren etwas, beide gewinnen etwas, und am Ende hat keiner genau das, was er will.«

Sie ließ mich etwa eine Stunde schmoren. Dann hörte ich ein dumpfes Geräusch auf dem Truhendeckel, das Drücken der Taste eines Kassettenrekorders. Dann knarzte der Deckel. Etwas Schweres war darauf platziert worden. Musik ertönte. Abgedunkelt drangen die schönen traurigen Achtel zu mir durch, auf die sich eine Stimme legte, die nicht sang, sondern sprach, gerappt war sie, wie ich später, in den 90ern, lernen sollte, als sich die, die sich intellektuell einstuften, nicht mehr Jazz, sondern Hip-Hop hörten.

Die Musik wurde lauter und mir unwohl. Ich hörte Martha auf der Truhe tanzen. Sie drehte noch lauter. Ich rief. Ich klopfte. Ich bekam es mit der Angst. Martha begann zu springen, schrie das Lied mit. Mir ging die Luft aus. Ich trommelte gegen den Truhendeckel. Martha setzte aus. Ich hörte sie von der Truhe springen. Ich drückte gegen den Deckel und bekam ihn nicht auf. Als ich ruhig wurde, weil ich meinem sicheren Ende entgegensah, hörte ich Martha, ganz dicht neben meinem Kopf sprechen: »In den letzten Monaten ist die Zahl der vermissten Personen dramatisch angestiegen. Die Veröffentlichung der lokalen Polizeibehörde berichtet von einem weiteren tragischen Fall. Es handelt sich um ein 19-jähriges Mädchen, das zuletzt vor vierzehn Tagen gesehen wurde. Die Polizei schließt die Möglichkeit nicht aus, dass es sich hier um ein Verbrechen handelt.«

Zum Refrain sprang ich wie der Teufel aus der Truhe, japste nach Luft, stürzte mich auf Martha, kämpfte mit ihr, bis ich sie im Schwitzkasten hatte. Sie kicherte vergnügt und scharrte mit den Füßen. »So gefällst du mir, Süße«, sagte sie noch, und mir wurde schwarz vor Augen.

Am anderen Tag stellte sie sich, Rhabarber fressend, in meine Zimmertür, imitierte das Geräusch eines Geigerzählers und sagte, sie sei vollkommen verstrahlt. Wie so oft nahm sie mit ihren Sätzen eine Strömung vorweg, die wenige Jahre später in die Realität überführt werden sollte, in diesem Fall war es Techno *(Strahlis)*. Martha war immer zu weit von den Dingen entfernt oder ihnen ganz zu nah. Das war die Tragödie bis zum Ende.

ICH LIEF, DEN STRAUSS in der Hand, die Straße entlang: links und rechts die Dresdner Heide. Seltene Autos blendeten mich. Ich lief schneller. Ich passierte das Ortsschild, blieb stehen, drehte mich um, aber da war kein Albert. Ich setzte mich an den Straßenrand, strich meinen Rock glatt. Ich legte mir die Blumen in den Schoß, sah mir die Brautstraußfreesien an. Diese Leichenblumen, duftend, untermalten unsere Gegenvermählung. Ein Fest. Ich lehnte mich an den Pfahl des Schildes: Dresden. Du Wunschkonzert. Hinter den Bäumen der Heide wusste ich die Stadt. Ich sagte: »Möchtest du mich heiraten?«

Ich hatte starke Sehnsucht nach der Elbe, ihrem ruhigen Lauf, den leisen Dämpfen, die sie mir, über die Wipfel der Bäume hinweg, an die Nase wehte. Ich wollte bei ihr sein, mich in ihr Bett legen, mich von ihr umspülen lassen. Ich würde gegen ihren Strom schwimmen, nach Tschechien hinunter, turnend unter ihrem Wasser, auf Höhe der Fische, unter Öl, mich langsam aufsaugend. Ich würde nach ihren schlierigen Haaren schnappen, mich satt essen, Purzelbäume schlagen, ehe sie mich ganz auf ihren Grund ziehen, sich mir vollständig öffnen würde. In Ústí entsteige ich dir, haarig und braun, ein fetter Sack, und kaufe mir ein Mädchen vom Straßenstrich. Ich ließ die Blumen fallen und folgte der Straße. Ich lief die Villen entlang, an den Alliierten vorbei. Ich folgte meinem eigenen Hauptquartier. Ich schiss auf den Februar und die Nacht, in der hier geweint und gestorben und verloren worden war. Hinter der sich bis heute alle verschanzen.

»Die mit drauf«, rief jemand von einem Boot, das gerade unter der Dimitroffbrücke durchfuhr. Ich rannte auf die andere Seite der Brücke, stieg auf das Geländer, setzte mich, ließ die Füße baumeln. Ich sah ihm lange nach. Bei endgültigem Einbruch der Dunkelheit stand ich am Ufer. Ich zog den

Rock hoch, legte mir Steine in die Jackentaschen und watete ins Wasser. Als ich abtauchte, griff mir jemand um die Hüften und zog mich zurück. Ich ließ mich völlig gehen, machte nicht mit. Zurück am Ufer lagen wir nebeneinander auf den Steinen. »Es ist schön, dass du gekommen bist, Albert«, sagte ich.

»Auch du, Dresden, bist faul, weil du sentimental bist. Auch du trinkst zu viel, Albert«, sagte ich und prostete ihm zu.

»Wir haben Juni, meine Schöne.«

»Du hast keinen Humor.«

Albert sagte: »Dein Atem ist zu lang.«

EINEN FANTASTISCHEN SOMMER ERLEBTEN wir noch. Nach der Zeugnisausgabe, die für mich sehr beglückend verlief – Marthas Fünf in Geschichte kratzte uns nicht –, rannten wir Hand in Hand die Straße hinunter, krähten Robert vom Mittagstisch heraus und legten uns im Uferkies auf eine Decke für alle. Martha latschte oben ohne ins Wasser, ich ließ mich von Robert durch den Badenanzug hindurch streicheln, und die Sonne lächelte sechs Wochen lang senkrecht auf uns herunter. Ich sagte: »Ich bin froh, dass ihr nicht mehr streiten müsst.«

Robert sagte: »Ich hab's ja eh nie verstanden.«

Martha sagte: »Schwamm drüber, bist ein netter Kerl.« Wir mieteten Boote, hüpften lachend durchs Schilf, cremten uns gegenseitig den Rücken ein, scheuchten Entenfamilien auf. Dem Bootsverleiher mopste ich eine Schachtel HB, die mir einen Monat lang reichte. Martha wurde braun wie ein Indianer, Robert durch Sommersprossen noch niedlicher, und ich verwandelte mich in eine Olive. »Die muss man essen lernen wie das Kaffeetrinken«, sagte Martha, und wir begriffen sofort, was sie meinte. Ich fühlte mich gut und unzerteilt und vollkommen frei. Gemeinsam beschlossen wir, dass Martha auf dem Baum sitzen und uns von oben zusehen sollte. Es machte ungeheuer Spaß, sie in angemessener Nähe zu wissen. Die Gleichzeitigkeit der Dinge – wenn der große Rhythmus stärker ist als der Charakter der einzelnen Instrumente, die sich voneinander unterscheiden wollen – ist eine hohe Form des Glücks. Abends brachten wir der nicht mehr verkaterten Mutter Blumen, die wir tagsüber gepflückt hatten. Ich las nicht. Ich wartete nicht. Ich legte mich ins Bett und schlief ein.

Kurz vor Schulbeginn fiel mich ein Traum an: Ein Mann mit Elvisfrisur liegt auf einer Frau mit gerötetem Gesicht. Mir scheint, es sei Geschlechtsverkehr, aber als ich mich vor das Bett stelle, sehe ich, dass sie nebeneinander liegen, zwischen ihnen Spielkarten. Die Frau nimmt die Pik-Zehn und hält sie mir hämisch entgegen. Der Mann öffnet eine Flasche Veuve Cliquot, bietet mir ein Glas an. Ich fühle es schwer in der Brust, trete zurück. Da geht die Zimmertür auf. Eine baumalte Frau mit weißem Haar, darüber ein spitzer Hut, hüpft auf mich zu, um mich herum. Während ihres Tanzes gurrt sie immer wieder: »Abraham, Abraham, Abraham.« Als ich erwachte, hörte ich die Geister von außen meine Tür schließen. Beim Frühstück sagte die Mutter aus dem Nichts: »Euer Vater stammt aus einer Zigeunerfamilie.« Ich nahm meine Sachen und ging in die Schule. Von diesem Tag an kreuzte Martha dort nie wieder auf. Zu unserem Sechzehnten schenkte sie mir *Bram Stoker's Dracula*, ich ihr eine Damenpistole mit Elfenbeingriff, die ich im zweiten Stock gefunden hatte. »Ich hab mich schon gewundert, ob du wohl niemals draufkommen würdest«, sagte Martha und verzog sich in ihr Zimmer, »Gott sei Dank.«

10

AUF DIE FRAGE, WAS es denn eigentlich gewesen sei, was sie so umgetrieben habe, antwortete ich, ich wolle ihnen nun eine Geschichte erzählen.

»Holte sie ab«, sagte ich: »7. Oktober 2001, stellte vor: Trinker und Künstler und Unterstandslose, eine Romy Schneider, bitte, und mich stellte ich vor und Albert, der zu der Zeit mein Lebensgefährte war. ›Den Albert kennst doch‹, sagte ich zu Martha, die immer noch enttäuscht war, im Türrahmen herumhing, ein Mensch, der seinen Trotz in Apathie umzuwandeln pflegte, und auch an diesem Abend, es war unser einunddreißigster Geburtstag, auch an diesem Abend stand sie auf der Küchenschwelle, in Alberts Wohnung, und schaute mich vorwurfsvoll an, doch bevor sie in die Teilnahmslosigkeit hätte abbiegen können: Trinken und trinken und trinken und sagen: Bei Begegnung wünsche ich keine Anrede, Aufmerksamkeit auch nicht, bevor das hätte geschehen können, riss ich das Ruder herum. Sagte: ›Nun stell erst mal dein Gepäck ab, zurück kommst du noch immer.‹

Den Rest dieses Abends verbrachte sie zwar trinkend und trinkend und trinkend, aber sie war nicht einsam. Das heißt: Ihre gefühlte Einsamkeit hielt sich im erträglichen Bereich, zumindest dann, wenn ich mich als Messgerät installiert hielt.

›Willkommen‹, sagte Albert und gab ihr ein Getränk, das sie lächelnd annahm, und dann prostete man in die Runde, sah ihr dabei zu, wie sie sich setzte, und ich gab Albert einen Kuss auf den Hals und bedankte mich flüsternd. Sie kannte ihn freilich von den Treffen hier, in Berlin, wo ich seit Jahren lebte, doch nie zuvor hatte sie seine Wohnung gesehen, ein Umstand, den ich stets zu arrangieren gewusst hatte. Vor Tagen jedoch war ich ans Telefon gegangen, am anderen Ende: sie, und noch bevor sie etwas sagen konnte, hatte ich sie zu dieser Feier eingeladen, die an ihrem Geburtstag stattfand, ich hatte sie von einer Party bei Albert in Kenntnis gesetzt: ›Wir feiern bei Albert‹, hatte ich gesagt, nur um ihre Angewohnheit zunichtezumachen: Unangemeldet aufzukreuzen, wenn sie Geburtstag hatte. ›So haben wir beide Platz‹, sagte ich und prostete ihr zu, und sie: ›Wovon redest du‹, und ein anderer, zu mir: ›Sülz nicht rum.‹ Romy lachte aus der anderen Ecke.

Ich war absichtlich zu früh an den Bahnhof gekommen. Erfahrungsgemäß dauerte das Warten am Schalter lange, und ich stellte mich an, sah auf den schuppigen Scheitel meines Vordermannes, wandte den Blick ab und zog ein Buch aus der Handtasche, blätterte darin, nahm das Lesezeichen heraus, begann, die Wörter zu visualisieren, und nichts stieg in mir auf, das Papier blieb Papier, nichts bildete sich heraus, jedes Wort nichts als eine Ansammlung entzifferter Buchstaben, und ich gab schnell auf. Was ist los, fragte ich mich zwar, aber ich gab sofort auf und ließ den Blick nach draußen schweifen.

Wider Erwarten stieg sie nicht auf der Höhe des Bistrowagens aus, und ich ging ihr auch nicht entgegen, obwohl ich sie am anderen Ende des Bahnsteiges erspähte. Ich betrachtete das Köfferchen, das sanft in ihrer Hand wippte, ich verschränkte die Arme, blickte an die Decke des Gebäudes oder anderen Passanten hinterher oder nestelte in der Handtasche, um ihr das Gefühl zu vermitteln, dass sie mich nicht aus dem Konzept zu bringen imstande war: Ich versuchte zu warten, ohne dass ich auf sie wartete, doch ich empfand dieses Aufeinanderzugehen, selbst wenn einer stehen blieb, als eine gänzlich unangebrachte Inszenierung des Wiedersehens, eines Wiederaufeinandertreffens, wonach ich nicht gefragt worden war, für nichts hatte ich mich entschieden zu jener Zeit und erst recht nicht dafür, sie wiederzusehen, und diese Sekunden, in denen sie auf mich zuging und ich stehen blieb, hätte man als inspirierend erleben können, ich jedoch hörte nur die Lächerlichkeit *Guten Tag* sagen aus meiner Handtasche, und durch die Tatsache, dass mir zu dieser Zeit dämmerte, dass ich in meinem Leben noch nichts entschieden hatte, zugleich aber der Satz *Es ist noch alles offen* längst nicht mehr den Trost brachte, der mich die Jahre über stets augenblicklich ummantelt hatte, wenn ich an meine ungewisse Zukunft dachte und an diesen Satz: *Es ist noch alles offen,* durch diesen Umstand war ich dazu gezwungen, in allem ein Kunstwerk zu erblicken, und als sie mir gegenüberstand schließlich, am Ende dieses kleinen Bahnhofsabholtheaters, sagte ich, in einem Augenblick starker Unvollkommenheit: ›Hast du das Rauchen aufgegeben?‹, und auf der Stelle fiel mir ein, als sie mich küsste, sofort, dass sie das ohnehin nur selten getan hatte.

Noch auf dem Bahnsteig hielt ich ihr die Rückfahrkarte für den nächsten Tag hin. Finster steckte sie sie in ihre Manteltasche, und ich griff nach dem Köfferchen, das sie in der Linken hielt und umso fester umschloss, je mehr ich es ihr abnehmen wollte, doch ich ließ nicht ab, und erst der fragende Blick eines Passanten machte mich darauf aufmerksam, dass wir auf dem Weg waren, aus der Rolle zu fallen, in eine Schlägerei hinein, in einem Handgemenge befanden wir uns bereits um ihren Koffer, dessen Winzigkeit seine Botschaft an mich aussandte: Länger als seinen Inhalt willst du mich nicht dahaben.

Sie ging dann vor mir her, nachdem ich von ihr abgelassen hatte, ich rief: ›Ich pfeife auf Straßenszenen, bild dir ja nichts ein‹, rief ich, und als eine Passantin den Kopf schüttelte, ging ich auf sie zu, machte: ›Buhu‹, und die Dame fuhr zusammen, wich aus und beschleunigte ihren Schritt, ich rief: ›Ich pfeif drauf, merk dir das, ein für alle Mal‹, doch es nutzte nichts: Ich hatte bereits fremde Zustände am Leib.

›Sülz du nicht rum‹, erwiderte ich, eine Spur zu nachdrücklich in den Raum hinein, an den gerichtet, der genau wusste, was ich meinte, doch sie hatte sich bereits neben ihn gesetzt, neben Albert, den Vertreter der Heisenbergschen Unschärferelation, und er hatte begonnen, in seinem Erkenntnisfundus zu fischen, und ich sah sie an, beneidete und bedauerte sie im selben Augenblick und zu exakt gleichen Teilen, keine der beiden Empfindungen hatte mehr Gewicht, und so ging es mir mit allen wichtigen Dingen an diesem Abend und in meinem folgenden Leben. Ein unentwegtes Remis der Ansichten war im Begriff sich zu verfestigen, und ich wusste, als ich ihre auf der Stelle entflammten Augen sah, dass es durch niemanden aufzuhalten war: dieses Gefühl des Verworfenseins durch das Für und Wider. Auch Albert, der mir immer die Conclusio geliefert hatte, immer und immer, entwich mir in einen diffusen Raum, obwohl er neben mir das Eisfach öffnete, um den ersten Wodka des Abends zu servieren, immerimmer, doch ich war schon verschwunden in eine Umnebelung, schwermütig, als ich ihr zusah, wie sie unserem Vertreter der Heisenbergschen Unschärferelation beinahe fanatisch zuhörte, wahrscheinlich ging es um Ost-West und einen Blickwinkel darauf, den sie noch nie gehört hatte, denn sie war auf der Suche nach dem wahren Leben, das man hier in Alberts Wohnung finden konnte, immer, das ist wahr, doch ich hatte es bereits hinter mir, das wahre Leben. Laut gab ich einen Toast aus, hielt mein Schnapsglas Richtung Romy, meiner brüchigen Verbündeten, und sie nickte mir zu. Ich ahnte, dass eine Migräne heraufziehen würde, ließ mir von Albert sofort nachschenken und setzte mich nicht, weil ich die Dinge stehend besser im Überblick zu haben glaubte. ›Auf die Lüge‹, sagte ich noch einmal und hob das Glas in die Runde, doch ich kam nicht durch mit der Ehrlichkeit, in der man bestenfalls eine schlecht getarnte Beziehungskrise erkannte, eine persönliche jedenfalls, die mit dem beunruhigenden Lauf der Welt nichts zu schaffen hatte, dafür gab es andere, an denen sich die Menschheitsgeschichte zeigte, in einer Wechselwirkung von Individuum, Gesellschaft, Wirtschaft und Liebe, es waren andere, die als Epizentrum den Zahn der Dinge am eigenen Körper erlebten, die das Recht darauf hatten, dass jede ihrer Bettgeschichten eine politische war, meine jedenfalls sah man nicht als solche an, man liebte mich zwar in meiner Ausschweifung, man liebte mich sogar sehr, doch das Recht auf Allgemeingültigkeit war mir verwehrt geblieben, und ich spürte das bei meinem Lüge-Toast und schob hinterher: ›Heute ist Ernst, Männer‹, und da ging ein Raunen durch die Runde, und dann lachte man sehr über mich und ich auch.

Es könne kein Zufall sein, dass sie ihre Papiere an diesem Tag, an keinem anderen, abgegeben habe, das sprenge ihre Vorstellungskraft, und die sei groß, wie ich wisse, ›Es kann kein Zufall sein‹, hatte sie wiederholt. Wir saßen auf ein Begrüßungsbier in einer Bahnhofskneipe, und sie kratzte mit dem Fingernagel an den erhabenen Buchstaben des Glases. Schon beim Aufstehen habe ihr eine Leere in den Knochen gesessen, dabei habe sie nichts geträumt in der Nacht, ein Umstand, der selten und ihr angenehm sei. Doch dann habe sie den Fernseher angemacht, sei in die Küche gegangen, habe sich Teewasser aufgesetzt, geglaubt, sie sei immer noch nicht allein im Haus. ›Es war der Tag nach einem meiner Montagsanfälle‹, sagte sie, und ich nippte an meinem Bier. ›Also: der Dienstag nach dem Montag, an dem ich Albert angerufen hatte, um zurückzukehren, erinnerst du dich: Albert hatte mir geraten, einen Glaser zu holen, weil das Stubenfenster kaputt war.‹ ›Du bist nur noch selten rangegangen‹, zog sie nach, und über den Vorwurf schwiegen wir eine Weile. Jetzt bemerkte ich, dass sie eine dieser Kappen trug, die es seit einiger Zeit in jedem Laden zu kaufen gab, schwarze Kappen, oder olivgrüne, mit Schirm und einer am Hinterkopf verstellbaren Lasche. Auch ihr übriges Aussehen hatte sich militarisiert: die Hose war aus Camouflagestoff, und am Daumen trug sie eine Gartenschlauchklemme als Ring, und als sie der Tresenkraft um noch ein Bier winkte, zog sie die Kappe vom Kopf, und es erschien ein Iro, den sie durch große Kreolen an den Ohren untermauerte.

›Ein erster Schritt heraus aus der Dauerschleife‹, sagte sie und hob das Glas, während ihre Worte in meinem offenen Mund verschwanden. ›Ich mache, was ich sage, Liebste, das weißt du doch.‹

Albert rückte für einige, die es sich gewünscht hatten, den Fernseher in die Mitte des Wohnzimmers, legte ein Tape ein, sagte: ›Viel Vergnügen‹, und überließ sie der Betrachtung Sylvester Stallones, dessen Darstellung man als Zeitzeugenschaft auffasste, das wusste ich, Rocky, der rohe Eier trank gegen die Russen, Rocky, mit dem man sich in Stimmung brachte für das, was noch gesagt werden würde müssen an diesem Abend, und ich bereitete mich schon jetzt auf die Musik vor, die ich im Morgengrauen mit meinen katholischen Fingern auflegen würde, um mich gefühlig zu machen und mit mir die Bagage, die sich dann für den heißen Frieden um den Verstand knutschen würde.

Einige andere blieben in der Küche sitzen, warteten auf den nächsten Wodka, besser: auf Albert, der ihn ausschenken würde, und auch sie scharrte schon mit den Füßen, und ich setzte mich neben sie, drehte eine Zigarette, hielt sie ihr hin, und sie verneinte, und Albert goss nach, erst Romy, dann ihr, dann mir, dann sich und sagte: ›Santiago de Chile, 1973, ein promovierter Arzt kommt gewaltsam zu Tode. Wie eben erst ist es Dienstag, es ist Dienstag‹, wiederholte Albert und blickte ihr tief in die Augen. ›Und unser Freund, der Arzt, wird gegen halb sieben durch das Klingeln seines Telefons geweckt. Die Flotte habe sich erhoben, sein Rücktritt sei gefordert, heißt es am anderen Ende der Leitung, und unser Arzt versucht, den Oberbefehlshaber der Streitkräfte zu erreichen, doch es gelingt ihm nicht. Mir nichts dir nichts packt er seine Entourage zusammen: Leibarzt, zwei Töchter, die langjährige Geliebte, und eilt in den Präsidentenpalast: unser Held, der Arzt, ist der erste Mann im Staat.

Woanders schreie ich meine Mutter aus dem Schlaf. Später wird sie behaupten, es sei der erste schlechte Traum meines Lebens gewesen, und jetzt, wo ich darüber spreche, erinnere ich mich: Mir träumte, ich würde, im Kinderwagen, auf einen Balkon geschoben. Ich sehe in den Himmel, der sich durch eine Schar Tauben verdunkelt. Einige lassen sich auf der Brüstung nieder, halten die Köpfe schräg und gurren mich an. Ich möchte weg, doch ich kann den Wagen nicht verlassen, und schon setzen sich die Tiere auf meine Füße, recken die Köpfe in meinen Bildausschnitt, belagern meine Perspektive, picken in die Schwimmhäute zwischen meinen Fingern. Ein Vogel scheißt mir auf die Stirn. Der Vormittag bringt die Gewissheit zutage: Gegen den Arzt ist ein Putsch angezettelt. Der Oberbefehlshaber der Streitkräfte hat ihn das persönlich wissen lassen und ihm den Vorschlag gemacht: Rücktritt und Möglichkeit zur Flucht außer Landes, doch unser Held, der Arzt, lehnt ab, schickt die Palastgarde, seine Gefolgsleute weg, und harrt der Dinge. Man kann nachlesen, dass sie die

Frauen von ihm losreißen müssen, die Langjährige soll ausschließlich durch Androhung eines Kopfschusses zu bewegen sein, wohingegen die Töchter nur weinen: Des Vaters bevorstehendes Ende jagt ihnen die Furcht vor dem Erwachsensein in die Glieder. Ein Schock. Prost. Während woanders eine selbst ernannte Militärregierung mit der Bombardierung des Präsidentenpalastes beginnt, schnürt mir meine Mutter die Schuhe, befeuchtet den Finger, hält ihn aus dem Fenster und beschließt, mir den ersten Schal des Jahres umzubinden; nimmt mich an die Hand, zieht die Wohnungstür zu, geht mit mir durch die Schluchten der Neubausiedlung, liefert mich an der Pforte der Kinderkrippe ab, ich bleibe stehen, und sie winkt mir, bis wir uns nicht mehr sehen. Ein unserem Helden, dem Arzt, befreundeter Journalist macht seinem Leben ein Ende, und unter dem Lärm der Flieger, so heißt es, hält der Arzt, dessen Minuten als erster Mann im Staat gezählt sind, eine Schweigeminute ab. Dann scheint alles sehr schnell zu gehen, wie immer, wenn genaue Umstände zwar beschreibbar sind, die Geschwindigkeit der Ereignisse aber die Historie verschleiert. Das Gesetz der Beschleunigung hat noch alle blinden Flecken geschaffen, auch die in der Liebe, die auf keinem anderen Blatt steht als der Umsturz. Prost. In jedem Fall: Die Putschisten stürmen den Präsidentenpalast, und kurz darauf ist der Arzt tot. Die Selbstmordversion, die prinzipiell, und auch in diesem Fall, in Aussicht gestellt wird, ist unhaltbar, doch sie bringt den letzten Ruf unseres Helden, des Arztes, zum Schweigen: Venceremos! Am Vormittag desselben Tages, es war der 11. September 1973 und Frühling in Chile, stürze ich bei dem Versuch, eine Taube von der Balkonbrüstung der Kindertagesstätte zu scheuchen, schlage mit dem Gesicht auf eine scharfe Kante und ramme mir beide Schneidezähne in den Kiefer. Mutter sollte kommen und mich holen, darum ging es, glaube ich, an diesem Tag, es war der erste unsichere meines Lebens, und sie kam und holte mich, brachte mich zu unserem Freund, dem russischen Zahnarzt, und ich durfte für den Rest der Woche zu Hause bleiben.

Meine Freunde.‹

Nach einem Toast, der auf Alberts Geschichte folgte, stand sie auf, marschierte auf dem Karree des Laminats, ›Einszwei, einszwei‹, rief sie und marschierte auf der Stelle, und einer sagte: ›Wir sind hier nicht in Petersburg‹, und ich, indem ich sie an der Hose packte: ›Das ist es ja‹, und sie: ›Ich weiß, einszwei, lass.‹ Ich aber ließ sie nicht, griff etwas fester, weil ich sie zur Räson bringen wollte, und Albert sagte: ›Lass sie doch.‹ Und ich ließ sie los, betrachtete sie bei ihrem Marsch durch die Küche, suchte Romys Blick, doch die stand kurz vor der endgültigen Entscheidung zum Schnaps, der sie unansprechbar machen würde für den Rest des Abends, dabei war es ein Schiffbruch, der sie unmöglich machte, der Schiffbruch in der Liebe, schlechthin der, der eines jeden, den sie vor Jahren erlebt hatte, und ich suchte Romy vergeblich an diesem Abend, weil sie vollkommen versunken war in das, was man wohlwollend Schmerz nennen könnte, dabei war es schlicht das, was man die Faulheit des Alkoholikers nennen muss. Albert schenkte nach, und ich: ärgerte mich, obwohl ich nicht ablehnte, sah meiner Schwester beim Marschieren zu, man amüsierte sich darüber, auch, als sie ›7. Oktober, Nastrowje‹, ausstieß. Ich hatte sie bereits hinter mir, die Suche nach der Kommunismuswärme, wir schrieben das Jahr 2001, und ich war ein paar Jahre zu spät nach Berlin gekommen, das wusste ich, und als sie dann das Maul aufmachte und begann, über die Meinhof, Tante Renate und Jena zu schwadronieren, stand ich auf, zog sie zu mir, setzte sie auf einen Stuhl, und sie ließ es geschehen, als ich das Glas hob: ›Auf die Anekdotenlosigkeit des

Westens‹, und in die Runde schaute, in der keiner verstand, warum ich sie moderieren wollte, meine humorlosen Trinksprüche gleich gar nicht, doch Albert, der Vertreter der Heisenbergschen Unschärferelation, der in die Küche gekommen war, um Nachschub zu holen, begriff sofort, was Sache war, und sagte: ›Na, Westfötzchen‹, es saß niemand hinter mir, den er hätte meinen können, und ich: ›I love you, I love you all‹, und dann wurde gelacht, und ich lachte auch, vor allem, weil ich bemerkte, dass ich verrückt geworden war.

Diese morgendliche Leere, die sie am Tag nach einem ihrer Montagsanfälle verspürt habe, sei, als sie den Fernseher angestellt habe, augenblicklich einer Hitze gewichen, der Kanzler habe den Chirac geküsst, es war das Treffen der Großen in Südfrankreich, ›ungewöhnlich heiß‹, sagte sie und drehte das Bierglas in den Fingern. Da habe sie eine Ahnung davon bekommen, was zu tun sei. Sei ins Bad gegangen, habe sich das Gesicht gekühlt, sich beim Blick in den Spiegel von hinten gesehen. ›Ich zog die Haustür hinter mir zu‹, sagte sie, ›hinter mir.‹ Sei in den Wagen gestiegen, hinabgestiegen sei sie, während in der Stube immer noch der Fernseher geflimmert habe. ›Hinabgestiegen‹, wiederholte sie, und ich winkte der Tresenkraft um die Rechnung, in den Wagen, und ich wusste, was nun folgen würde: Hinabgestiegen in das Reich des Todes, es kam tatsächlich: ihr Gebet: ›Hinabgestiegen in das Reich des Todes‹, und ich: zahlte, während sie: fortfuhr: ›am dritten Tage auferstanden von den Toten, aufgefahren in den Himmel, er sitzt zur Rechten Gottes, des allmächtigen Vaters, von dort wird er kommen zu richten die Lebenden und die Toten‹, und ich zahlte und sie sagte, es sei alles nur geliehen. Eine kurze Stille nutzte ich, um ihr die Kappe aufzusetzen, das Köfferchen an mich zu nehmen, und als ich ihr die Tür der Bahnhofskneipe aufhielt, setzte sie wieder ein: ›Alles nur geliehen, ein Pachtvertrag alles und mein Leben erst recht, hinabgestiegen, die Kaution in Form meines Verstandes und du mein Pfand, Schwester, mein Körper das Inventar, freigegeben zur Benutzung. Der Körper ein Mitbenutzungsgerät, wofür Er die Verantwortung hätte übernehmen sollen‹, habe Er aber nicht, sagte sie und: Nicht einmal einer Maschine täte man an, dass sie ihre Funktionsfähigkeit überdauere, ihre eigene Lebenszeit erst recht nicht, doch ihr habe Er es zugemutet, und wenn das keinen tieferen Sinn ergebe, würde sie sich umbringen, weil sie die Zusatzzahl sei: Für diese Angabe keine Gewähr, und: Er habe in ihr diese Gewähr personifiziert, und damit sei sie mutterseelenallein, mutterseelenallein, mutterseelenallein. Ich gab ihr einen Klaps auf den Hinterkopf, in einer Anthropomorphisierung stecken geblieben sei sie, in einer Simulation ihrer selbst, sagte sie. Der einzige Trost dieses Tages: Falco aus dem Autoradio: *Out of the Dark*, Falco, mon amour etc. etc. etc. Sie verstummte, als ich sie auf dem Beifahrersitz anschnallte, ganz und gar nüchtern: ich. An jenem Dienstag, der auf einen ihrer Montage gefolgt war, hatte sie bei Herrn Robert des Landratsamtes unserer beider Heimatbezirk ihre Papiere abgegeben, ihr Zustand war desolat gewesen. Das wusste ich, als ich im vierten Gang durch eine verkehrsberuhigte Zone heizte, auf dem Weg zu Alberts Wohnung, in der am Abend das letzte große Fest gefeiert werden würde.

Auf dem Flur fing mich Heisenberg, wie ich Albert eigentlich und schon immer und auch heute nannte, ab, fragte, ob alles in Ordnung sei, und ich kratzte an der Tapete, erwiderte: ›Siehst doch, was hier los ist‹, und er: ›Er habe es schon immer gewusst.‹

Ich: ›Was?‹

Er grinste mich an.

›Was, zum Teufel noch mal‹, sagte ich, ›sollen deine ewig verschlüsselten Worte, ich hab es so satt, so satt, auf Fährten der Erkenntnis gelockt zu werden, die ich‹, sagte ich, ›auch beschritt, vertrauensselig.‹

Ich sei glücklich gewesen, einen Kontext gefunden zu haben, ich, die ich in die Fremde gekommen sei vor Jahren, und nun hätte ich es satt, dass andere für mich entschieden, wann ein Thema ausgeredet sei, dass nicht ich selbst es sei, die sich die Dinge zuschreibe, sondern du, Heisenberg, du, Albert und all die anderen hier, ich hätte es so satt, sagte ich, und überhaupt: ›Niemand hat mir gesagt damals, dass es auch hier nur um Systeme geht, verdammt noch mal.‹

Er schwieg daraufhin, und ich wandte mich zum Abtritt, beschämt über diese kindliche Rede, gelangweilt über meine Dauerantwort: Hysterie, gewiss darüber, dass es nicht Jugend und Wildheit waren, die mich antrieben. ›Trägheit, die Todsünde‹, setzte ich nach, doch er hielt mich zurück, bis mein Nacken schmerzte, ließ ab, als ich den weiblichsten aller Sätze: ›Du tust mir weh‹, sagte, und er: Er wisse nicht, was ich wolle, ich sei es doch, die ihn zum Messgerät mache, und, wie man wisse, verändere sich das Objekt der Betrachtung durch den Blick des Beobachters, eine unkontrollierbare Wechselwirkung entstehe, wo ein Gegenstand auf eine andere Kategorie: den Betrachtenden treffe, und wenn ich diesen Vorgang System nennen wolle, so solle es ihm recht sein, nur sei er selbst kein Freund der Psychoanalyse, er sei Wissenschaftler, er verstehe meinen Krieg nicht, weil er persönlich nichts zu tun habe mit: Monopolen, dem Kampf um sie erst recht nicht. Er habe nichts zu tun mit dieser postmodernen, pseudokommunistischen Wärme, die man in dieser Stadt überall antreffe, er begreife nicht, warum ich sie so dermaßen suchte. Und ich, verblüfft über Alberts offenes Wort, ich unterbrach ihn, weil ich meinen Stoff für den Abend gefunden hatte, ich unterbrach ihn, indem ich sagte: ›Du scheißzynischer Bohemien.‹ Wandte mich ab und ging. Den Stoff, aus dem Träume gemacht sind.

Später saß ich vor der Anlage und ließ Tonträger hinein- und herausgleiten, und obwohl ich mit dem Rücken zur Gesellschaft saß, hatte ich sie im Blick.

Sie, die mit Albert tanzte. Der ich den musikalischen Gefallen tat: *Muss ich denn sterben, um zu leben.* Die es mitschrie. Die mit Albert Isaak spielen wollte: ›Ich Abraham, knie nieder‹, sagte sie, und Albert tat es brav, sie hielt ihm den Zeigefinger in den Nacken, und andere kugelten sich vor Lachen oder purzelten betrunken durch den Flur oder schrieben etwas auf Zeitungsränder oder debattierten in der Küche.

Die abdrückte, während ich Musik auflegte und das Köfferchen im Auge behielt, obwohl sie es offensichtlich bei einer Kinderei belassen wollte, in der sie, darüber war ich mir sicher, in der sie allerdings das Sinnbild unseres Kulturguts sah. Die anderen hatten mitzuspielen, und Heisenberg schien zu allem bereit an diesem letzten großen Fest in Alberts Wohnung, brav plumpste er auf den Boden, blieb liegen, und sie kiekste vor Freude, warf sich auf ihn und nannte ihn für den Rest der Nacht *Hanns-Martin.* Die sich dann pornografisch an Romy betätigte.

Ich hatte mich in meine Sahara verabschiedet.

Doch dann kam Albert mit den Erdnüssen. Einen ganzen Sack davon warf er in die Mitte des Raumes, und ich legte noch eine Polka auf, und man tanzte auf den Nüssen und ließ es unter den Sohlen knirschen, und ich hatte einen genialen Einfall und spielte was von Dschingis Khan, und man tanzte, und Albert sorgte für Nachschub. ›He‹, wurde gerufen und ›Hossa‹, und aller Blödsinn, und ich konnte ihren Iro sehen, selbst wenn sie mein Gesichtsfeld nicht kreuzte, und eine Dankbarkeit stieg in mir auf, mit einem Mal, ich war ihr dankbar dafür, dass sie es mir so leicht gemacht hatte, mich um sie zu kümmern an diesem Abend, indem sie sich diesen Iro hatte schneiden lassen, den ich in jeder ihrer Lagen erkennen konnte, und fast wäre ich so weit gegangen, zu glauben, sie habe sich die Frisur nur meinetwegen zugelegt. Doch als ich sie dann in einer irren Stereotypie, die nur ich in der Lage war, als solche zu entziffern, auf den Nüssen hüpfen sah, barfuß natürlich, wusste ich: Es mussten die ätherischen Nussöle gewesen sein, die mich zu solch unwahrscheinlichen Annahmen gebracht hatten. Am Ende sagte jemand etwas über die Schönheit der Farben des erwachenden Morgens. Es war still, als ich sie zudeckte und jemand, vom Fenster aus sprechend, sagte: ›Sieh nur, unser letzter Morgen in Freiheit.‹ Ich glaubte, es müsse Albert gewesen sein.«

11

AM NÄCHSTEN TAG HÄTTE ich sie ihr abgenommen und damit den gröbsten Unfug zu verhindern versucht, aber sie hätte mich dann noch zur Rückgabe überredet.

»Wir standen verkatert am Bahnsteig und warteten auf den Zug, der sie nach Süddeutschland zurückbringen würde. Ich habe ihr das Köfferchen mitsamt ihrer Pistole zurückgegeben«, sagte ich und befühlte ihren Griff.

»Seit diesem Tag hätten wir mit dem Schlimmsten angefangen zu rechnen, Albert und ich.« Einmal sei ich noch zu ihr gefahren, »hierher«, sagte ich, und hätte versucht, in ihrer Nähe an einem Text zu arbeiten. »Doch dieses Wiedersehen hat in unserer endgültigen Entzweiung geendet«, sagte ich und drückte mit dem Daumen gegen die Trommel, bis sie heraussprang. Danach hätte ich den Kontakt abgebrochen. Von ihrem Tod habe Herr Robert vom Landratsamt uns, Albert und mich, verständigt.

»Ich werde sie nie wiedersehen«, sagte ich und lugte durch die leeren Kammern der Trommel: »Das ist hart.«

»Vor- und Zuname: Robert?«, fragte der Antiquar, und mir war nicht nach Schmunzeln, doch um ihn abzuholen, antwortete ich: »Ja, der Robert Robert.«

Ich sah auf Albert, der mit der Stirn auf dem Tisch schlief, und kramte mit meiner rechten Hand in der Hosentasche.

»Wir haben es im Anzeiger gelesen«, sagte der Wirt, stellte eine tönerne Schnapsflasche auf den Tisch und setzte sich zu uns. Er goss sich und dem Antiquar ein, fragte mich stumm, und ich verneinte. Noch war nicht Zeit für den Lichtschalter.

»Lampe«, murmelte ich, während die anderen die Köpfe in den Nacken warfen. Albert erwachte, sah mich an und rief, ansatzlos: »Sind's die Augen, geh zu Mampe. Kipp dir eenen uff de Lampe. Kannste allet doppelt sehen, musst de nich zu Runke gehen.«

Ich dachte an die Reisen, die ich während meiner Zeit mit Albert unternommen hatte, vor allem daran, wie unzugänglich er dabei gewesen war, wenn wir Berlin im Auto, per Flugzeug oder Ähnlichem verlassen hatten. Ich dachte daran, dass ich diese Tatsache nicht an mich hatte herankommen lassen wollen: Er war noch weniger zu erreichen als ohnehin schon, dieser kleine Adler, dachte ich. Obwohl er ein Wesen des Erstkontakts ist. Jetzt, wo ich es begreife, dachte ich, an dem Punkt, wo meiner Vorstellung nach eine Liebe anfängt, aber, jetzt, da meine Erkenntnis über ihn einsetzt und unsere Liebe ihr Zeitliches segnet. Muss ich mir gegenüber endlich mein unangenehmes, quälendes, aufgeschobenes, ins Gefängnis befreiendes, erwachsenes, so genanntes, persönlich bitteres Geständnis machen.

MIT DER KREBSDIAGNOSE DER Mutter begann Martha zu angeln. Wenn ich abends nach Hause kam, legte sie mir die Fische hin, die sie tagsüber gefangen hatte. Ich filetierte sie, briet sie scharf an, ließ sie in Weißwein schmoren, und Martha brachte das Essen in die Stube hinüber, wo sie der Mutter das Krankenlager bereitet hatte. Sie aßen gemeinsam, beteten und schauten fern. Ich blieb in der Küche und hing meinen Gedanken nach.

Ein anderer Text meines ewigen Gedächtnisses, aus dieser Zeit: »Als sie aber weiterzogen, kam er in ein Dorf. Da war eine Frau mit Namen Martha, die nahm ihn auf. Und sie hatte eine Schwester, die hieß Maria; die setzte sich dem Herrn zu Füßen und hörte seiner Rede zu. Martha aber machte sich viel zu schaffen, ihm zu dienen. Und sie trat hinzu und sprach: Herr, fragst du nicht danach, dass mich meine Schwester alleine lässt dienen? Sage ihr doch, dass sie mir helfen soll! Der Herr aber antwortete und sprach zu ihr: Martha, Martha, du hast viel Sorge und Mühe. Eins aber ist not. Maria hat das gute Teil erwählt; das soll nicht von ihr genommen werden.«

Damals begann es, dass Menschen mir sagten, ich sei unterkühlt. Natürlich war es Martha, die damit anfing, festzustellen, dass mich nichts aus der Reserve locken könne. Ich rannte zu Robert, der nicht verstand, wie jemand auf diese Idee kommen könne, und heulte. Die Tendenz, aus Distanz Rückschlüsse auf den emotionalen Haushalt eines Individuums zu ziehen, fand später, in den 90ern, als man anfing, jede menschliche Eigenschaft einem Krankheitsbild zuzuordnen, ihren ersten Höhepunkt. Es ging nicht mehr darum zu finden, wer man war, sondern darum zu wissen, welcher Angsttyp man sei. Es war möglich, jedwedes Gefühl zum Instrument zu erklären. Wehe dem, der zu viel davon zeigte. Er setzte sich einem Plot aus, den die Durchschnittspsychologisten, die heute FDP wählen, auf der Stelle für ihn zu handwerken begannen. So entstand die coole Ironie Berlin-Mittes, die keine war. Das 19. Jahrhundert hätte sich im Grabe umgedreht. Gute Nacht um sechse.

Als der Pfarrer mich beim Leichenschmaus fragte, ob alles stimme, da ich nicht weine, wusste ich nicht, dass ich wenige Jahre später in Mode sein würde, ohne es zur Kenntnis genommen haben zu werden. Die Mutter starb im Sommer. Im Sommer 89.

In den Folgemonaten bereitete ich mich auf das Abitur vor, hielt uns die Behörden vom Leib, bis sie wegblieben, bestand den Mediziner-Test, machte den Führerschein, den ich von der Halbwaisenrente bezahlte – zusammen sind wir voll, sagte

Martha immer –, blieb in Deutsch unter meinen Möglichkeiten, wie meine Lehrerin bemerkte und beleidigte Leberwurst spielte, legte überdurchschnittlich gute Prüfungen ab und begann, mein aufkeimendes schlechtes Gewissen mit ersten Besäufnissen zu besänftigen.

Am Tag bevor ich ging, hob ich den Hörer, wählte die Telefonnummer des Vaters und verabschiedete mich.

»Mach's gut, Mädchen«, kam es vom anderen Ende.

Ich warf RobertdieStraßehinunter einen Brief ein, in dem ich erklärte, dass ich ihn liebte, dass es mir leidtäte, ihn nicht ins Vertrauen gezogen zu haben, und ihn bat, sich um Martha zu kümmern. Im Morgengrauen legte ich Martha einen Zettel auf den Tisch, auf dem stand: »Bin nach Berlin.«

Als sie am Brandenburger Tor *Freude, schöner Götterfunken* spielten, stiefelte ich mit ein paar Provinzpunks auf das Dach eines verlassenen Hauses und wandelte, über der Stadt schwebend, die Prenzlauer hinunter. An Martha, die ich vier volle Jahre nicht sehen sollte, verschickte ich gelegentliche Postkarten mit meiner aktuellen Adresse. Sie antwortete in langen Abständen, aber immer. Ich habe es ihr hoch angerechnet, dass sie die Schuldfrage nie gestellt hat.

»ER IST WIEDER NÜCHTERN«, sagte ich, und der Wirt: »Wir haben es im Anzeiger gelesen«, und der Antiquar: »Sie ist nicht ins Holz rausgegangen«, und Albert, der ein fiktives Gewehr anlegte, auf das Geweih über dem Tisch zielte, während ich eine Patrone aus der Hosentasche holte: »Wir sind keine Fremden mehr«, und der Antiquar, bestätigend: »Der kleine Mann ist eine weltumspannende Gewissheit.« Im Folgenden blieben die beiden beim Thema, obwohl der Wirt beleidigt schaute, aufstand und Albert noch eins auftischte, zu mir sah, doch ich ließ die Damenpistole auf der Tischplatte kreisen, und niemand schien sich dafür zu interessieren.

Die Auflösung ländlicher Strukturen durch den Mittelstand war Thema zwischen Albert und dem Antiquar und die Phasenverschiebung der Regionen, deren Ursache man in der deutschen Teilung sah, da waren sie sich einig, Albert und der Antiquar, der lange brachliegende geistige Flächen zur Blüte zu bringen schien, und ich ließ die Damenpistole kreisen und hing meinen Gedanken nach, bis der Wirt darauf beharrte: »Wir haben es im Anzeiger gelesen«, in meine Richtung. Ich nickte und erwiderte: »Ja. Ich habe sie nicht gut betreut. Mein Analytiker sagt: ›Sie haben sich bloß ihr Leben genommen.‹ Ich kann darauf jetzt antworten: ›Und sie sich ihres.‹

ICH MALE MIR IHREN letzten Tag folgendermaßen aus: Den Morgen stand sie früh auf, sah im Briefkasten nach der Zeitung, wurde sich gewahr, als sie keine vorfand, dass es Sonntag: der Tag des Herrn, war. Die Frische, die sie soeben noch beflügelt hatte, erlosch augenblicklich in der Aussicht auf den weißen Sonntag, der nichts bereithielt außer langsam verstreichende Stunden, die andere zur Erholung nutzten.

Am Horizont belästigte sie ein Bergpanorama, das die Promenadenspaziergänger mit runden Mündern bestaunten, und der Wind, der warm von den Alpen herüberwehte, erschien ihr wie der Vorbote einer fernen Galaxie, die über alle wachte. Dabei nahm sie sich aus. Am Waschbecken wusch sie sich das Gesicht und fand eine frühe Erleichterung. Der Gedanke, ebenfalls einen Spaziergang zu unternehmen, stellte sich als akzeptable Variante heraus. Davor wollte sie sich einen Tee aufbrühen, Schwarztee mit Kandis, wie jeden Tag. Man hatte ihr gesagt, dass Wiederholungen eine Möglichkeit seien. In Wirklichkeit kam sie durch die Tatsache einer Tasse Tee, in die sie den Zucker verrührte, zur Ruhe, wurde in die Lage versetzt, kleine Pläne zu schmieden, legte sich selbst den Spaziergang nahe und trat später aus dem Haus.

Die Künstlichkeit der Hitze des Windes versetzte sie ins Taumeln, und sie hielt sich für eine Weile am Gartenzaun fest, beschloss, den Weg über den Wald zu nehmen. Sie blickte auf das Haus zurück, das von der Promenade aus einsehbar lag, fragte sich, wie es Generationen in dieser Öffentlichkeit zu leben ausgehalten hatten, sah ihre Eltern in die Tür laufen, obwohl sie seit Jahren keinen Kontakt zu ihnen hatte, doch die Frage, ob sie noch lebten, störte sie nicht auf. In ihrer Ewigkeit hatte sie Frieden geschlossen mit den Seelen, die sie umvölkerten, einen Nichtangriffspakt zumindest.

Am Gasthof *Zur Post* sah sie die Bierköpfe glühen, bog in die Straße ein, die nach Sankt Nikolaus hochführte, vernahm ein leises Picken auf der Hirnrinde und winkte den wenigen Humplern zu, die von der über dem Ort gelegenen Kurklinik dem Wasser zukrochen. Die Straße schien ihr so steil, dass sie sich wunderte, als sie ihnen hinterhersah, sie nicht vornüberstürzen, über ihre Krücken springen zu sehen. Sie wandte sich dem Anstieg zu.

Die Fäden, die sie am Scheitel und den Gelenken befestigt fühlte, machten das Fortkommen schwer. Ihren Anfangspunkt sah sie, vor einem inneren Auge, in der Mitte des Sees gebündelt. Etwas dieser Art wird es sein, dachte sie, da sie sicher war, gegen mehr als die Schwerkraft anzulaufen. Obwohl sie diese Position nie hatte belegen können, beanspruchte sie die Spielleitung für das Gesamte für sich, und als sie den Brunnen erreichte, den die Gemeinde, wie jede Gemeinde, traditionell hatte stehen lassen, sie sich die Stirn kühlte, sich zum Trinken beugte, war sie in eine Zeitlosigkeit versetzt, die sie in der

Nähe einer Gottheit glaubte. Sie wandte sich um, um zu hören, wer sprach, bekam Luft in den Kopf. Sie wollte erstarren, doch es waren wieder die Bilder, die sich in ihr auftürmten. Die Augen brannten vor Sehnsucht nach reinem Herzen und klarem Verstand. Der Tod kennt keine Abstrakta, wird sie gedacht haben, während sie den Weg fortsetzte. Nur der Mensch.

Sankt Nikolaus läutete die Gottesdienstbesucher vor die Tür. Von einiger Entfernung sah sie sich zwischen den Erwachsenen gehen, den Kopf, bekränzt von Margariten, auf einem Kinderkörper. Als ob das Mädchen ihren Blick im Rücken gespürt hätte, wandte es sich um, die Hand seines Vaters haltend, und blickte sie an. Sie geriet in Bewegung, versuchte, das Kind zu erreichen, es an der Schulter zu berühren, doch als sie den Arm ausstreckte, griff sie ins Leere. Sie fuhr herum und sah, dass der Kirchplatz verlassen lag. Erschöpft setzte sie sich auf die Eingangsstufen.

Später stemmte eine Alte die Tür von innen auf. Sie sprang ihr zu Hilfe und zog mit beiden Händen an der Klinke, legte ihr gesamtes Gewicht hinein. ›Danke vielmals‹, sagte das Mütterchen. Die Mischung aus Weihwasser und Siebenundvierzigelf, die durch den Luftzug aus dem Inneren der Kirche an ihre Nase wehte, verschaffte ihr eine kurze Heimat, und sie beschloss, mit der Alten zu plaudern.

Von der kürzlich stattgefundenen Kommunalwahl war zu hören und der Zufriedenheit mit dem Sieger, vom zunehmenden Aufkauf des Ortes durch die Städter, eine Sache, die sie persönlich, wie sich die Alte ausdrückte, beäuge, da diese Prozedur, wie sie sagte, dem Wesen des Ortes schade. En gros sei den Entwicklungen am Ort zu misstrauen. ›En gros‹, sagte sie, ›wenig Zusammenhalt, wenn, nur unter den Alten‹, die Jungen liefen grußlos vorüber, Mütter rauchten, während sie den Kinderwagen schöben, aber eigentlich, so die Alte, wolle sie nicht lamentieren, es sei auch die Gebirgshitze, die sie immer weniger vertrage, man wisse nicht, ob man ungerecht werde aufs Alter, vielleicht sei es schlicht dieser warme Wind, der ihr am heutigen Tag und schon seit dem letzten Jahr zu schaffen mache, möglicherweise sei es Zeit zum Hinlegen, sie wisse es nicht, dann wieder sei es ihr gleichgültig, was sie daherrede, das bürgerlich Zugereiste habe sie noch nie leiden können. Allerdings, so setzte sie einige Augenblicke später nach, das einzig nicht zu Verkraftende am Leben auf Gottes Erdboden seien die sterbenden Kinder. ›Die sterbenden Kinder‹, wiederholte sie, während sie sich entfernte: ›Nichts für ungut.‹

Vor einer sie anfliegenden lauen Brise flüchtete sie ins Kircheninnere, legte das Gesicht ins Weihwasserbecken und setzte sich in das Bänkchen vor die Madonna. Früher war sie manchmal zum Weinen hergekommen. In einer zeitlosen Verabredung mit der Marienfigur, die ihren gütigen Blick ausschließlich an sie gerichtet hatte, war es möglich gewesen, im Schatten einer Aura zu sitzen, dem unausweichlich Inneren nachzugehen und die eigene Grundlosigkeit zu bedauern. In ihrer Erinnerung schien es ihr wohl, und sie tat das für sie Unfassbare: Sie kniete nieder, in einer Mischung aus Wollen und Hoffnung, endlich die Lektion in Demut zu erfahren, auf die sie gewartet hatte. Sie hielt sie, vor allem sie, für eine unabdingbare Weisheit, um überleben zu können. Als sie später jedoch den Kopf hob, um Blickkontakt aufzubauen. Um im gewohnten Antlitz einen Ort zu finden. Fand sie etwas vor, das sie mit bodenloser Furcht erfüllte. Sie unterdrückte den Schrei, rannte hinaus, wälzte sich im Kies, hatte sich völlig verloren.

Am Nachmittag ließ sie im Haus die Jalousien herunter, goss die Pflanzen reichlich, stellte den Fernseher an, setzte sich an den Küchentisch und verfasste einen Brief mit folgendem Inhalt:

›Peggy war vor langer Zeit aus der Ferne hierhergekommen und lebte als Fremde. Eines Tages behauptete sie von Irma: Sie ist meine Frau. Da kam Gott zu Peggy und sprach im Traum zu ihr: Du musst sterben wegen der Frau, die du dir genommen hast. Sie ist verheiratet. Peggy aber war ihr noch nicht nahegekommen. Mein Herr, sagte sie, willst du denn auch unschuldige Leute umbringen? In Wahrheit ist sie meine Schwester. Auch sie selbst hat behauptet, sie sei meine. Gott sprach: Ich weiß, dass du arglosen Herzens bist.

So lebten Irma und Peggy gemeinsam. Eines Nachts sprach Gott zu Peggy: Du hast mich angelogen. Ihr seid keine Schwestern. Darum wollte ich nicht zulassen, dass du sie anrührst. Es ist Zeit. Gib die Frau dem Mann zurück. Er wird für dich eintreten, dass du am Leben bleibst, denn er ist ein Prophet. Gibst du sie aber nicht zurück, dann sollst du wissen: Du musst sterben, du und alles, was dir gehört.

Doch Peggy stellte sich gegen Gott und rückte Irma nicht heraus. Sie erwiderte Gott: Ich bin in Wahrheit eine andere. Da schickte Gott ein großes Wasser über den Ort, und Irma drohte in den Fluten zu ertrinken. Sie rief um Hilfe, doch ihr Mann saß mit den Männern im Wirtshaus und hörte sie nicht.

Peggy aber sprang ins Wasser und zog Irma an Land. Sie brachte sie zu ihrem Mann und sagte: Mein Glück soll niemandem im Wege stehen. Er, der glücklich war, seine Frau wiederzuhaben, fragte Gott: Womit habe ich denn gegen dich gefehlt, dass du über mich und unseren Ort eine so große Sünde bringst? Und Gott schwieg und ließ Peggy am Leben, doch ließ er ihr das Haar grau werden, obwohl sie erst siebenundzwanzig war. Viele Jahre vergingen, in denen Gott zu niemandem sprach. Peggy arbeitete bei einem Fischer, einem gerechten Mann, Irma gebar ihrem Mann ein Kind und verfiel dem Rausch. Er verdiente viel Geld, doch er schlug Irma, weil er ihr nicht verzeihen konnte. Eines Nachts fragte er Gott im Traum: Vielleicht gibt es keine Gottesfurcht an diesem Ort, und man wird mich wegen meiner Frau umbringen? Doch Gott schwieg. Eines Tages verließ er Irma für immer, und weil sie nicht wusste, ob sie Glück oder Trauer empfinden sollte, trank Irma noch mehr. Peggy hörte davon und klopfte an Irmas Tür. Als Irma öffnete, sprach Gott zu ihr: Nimm die Einzige, die du liebst, Martha, und gib sie ihr, denn sie wird es besser bei ihr haben. Irma bat Peggy herein und weinte. Sie sagte: Hier ist mein einziges Kind, und ich werde es dir überlassen. Wer sagt das, fragte Peggy. Es ist eine innere Stimme, die zu mir spricht, sagte Irma, und ich weiß, ich muss es tun, obwohl es mir das Herz zerreißt. Meiner Martha aber wird es bei dir besser gehen. Zu dem Mädchen, das bald zwölf Jahre alt war, sagte sie: Gott hat sich dich ausgesucht. Die Engel haben es mir gesagt. Hab keine Angst, der Herr sieht auf dich. Peggy zögerte nicht mehr und nahm das Kind an sich. Wenn sie Irma nicht zur Frau haben konnte, so wollte sie ihrer Tochter eine gute Mutter sein. So ging es hin, und Martha wurde der Ort, an dem Gott sich sehen ließ.‹«

AUF DIE FRAGENDEN GESICHTER der Runde antwortete ich: »Nachdem ich jahrelang in einem Zustand der Selbstbezichtigung gelebt hatte, erwachte ich letzten Sonntag, an Marthas Todestag, mit zähem Nacken, aus einem traumlosen Schlaf. Im Liegen noch höre ich das Geschirr aus der

Küche. Wie so oft weiß ich nicht, wo ich mich befinde. Aus Gewohnheit schließe ich die Augen wieder, erinnere mich, um die Furcht zu verscheuchen, die, seit ich als Kind fremdgeschlafen habe, nicht mehr verschwindet.

Man hatte mich abholen müssen all die Jahre, in denen noch klar gewesen war, wo zu Hause war. Meine Eltern hatten gedacht, mir eine Freude zu machen, doch wie die meisten Kinder habe ich dem Erlebnis des Ferienlagers nichts abgewinnen können. Panikmache, nannte ich das immer, Panikmache zum Zweck der Verdickung, was flüssig bleiben sollte, nenne ich das bis heute. Es ist ein bewährtes Mittel, die Angst von früher in den Körper zu lassen, um die Geister des Augenblicks zu vertreiben.«

»Diesen Satz benutzt sie seit einiger Zeit, wenn ihr der Gesprächsstoff ausgeht«, unterbrach mich Albert. »Sie sitzt abends mit Menschen, die sie Freunde nennt, und das sind sie auch. Wenn sie genug trinkt, gelingt es ihr, den Satz, der aus einem anderen folgt, ohne dass der Weg vom einen zum anderen erkennbar ist, doch mit der Gewissheit, dass er dem Leben entstammt, auszusprechen.«

Alberts Worte verblüfften mich.

»›Lieber das Nichts als die Fremde zwischen den Menschen will ich‹, hat sie in die Runde gesagt«, setzte er nach, »nur für mich bemerkbar, dass sie in meine Richtung sprach.«

Ich erwiderte: »Am Vortag hatte ich, in einer Kindheitserinnerung, unter den Christbaumkugeln gelegen: Heiligdreikönig vor zwanzig Jahren. Es klingelte an der Tür, während ich mein Gesicht, mal die Augen, mal den Mund, die Nase, in den Kugeln verzerren ließ, um das Manifest festzuschreiben, was ich bis heute *Das Bewusstseinsunternehmen* nenne. *Guten Abend in diesem Haus, guten Abend in diesem Haus,* sangen die Kinder an der Tür, und Mutter ging in die Küche, um Schokolade zu holen. Am besten gefiel mir, wenn sich eines meiner Augen über die Krümmung der Kugel zog, auch der Vorgang, dass ich dabei den Kopf dicht an die Kugel halten musste. *Wir klopfen hier an Eure Tür, den Stern,* ich fand mich dann böse, schlau und witzig zugleich, und beschloss, *Den Stern von Bethlehem bringen wir,* dass ich das zukünftig sein würde: böse, schlau und witzig. Zugleich, ergänzte ich schon als Kind: Alles zugleich, wenn ich den Freunden von meiner Entdeckung erzählte. Ich träume. Ich höre Geschirr. Ich gehe in die Küche unserer Berliner Wohnung. Martha brät Spiegeleier. Albert sitzt am Tisch und liest.

›Es hat noch Kaffee‹, sagt Martha, wischt sich die Hände an der Schürze, nimmt die Kanne aus der Maschine und gießt mir eine Tasse ein.

Weißt du noch Albert, wie du die Zeitung kommentiert hast? Ich habe gesagt: ›Obwohl ich mich nicht erinnern kann, ist mir, als hätte ich die Nacht eine Vision gehabt.‹«

»Mumpitz, hab ich daraufhin gesagt«, sagte Albert.

Die Runde blieb still, und ich daraufhin: »Ich kenne deine Ambivalenz, die sich als Realismus tarnt, seit Jahren. In jedem Fall: In der Nacht, in meinem Traum, hat es Eier gegeben, die in Wasser kochten, ohne Schale, in einem riesigen Kessel. Die Eier kochten, und ich bin abgestellt worden, wozu, das weiß ich nicht, doch die Aufgabe ist eine große, das weiß ich. Dann Martha. Ach, Martha. Mein Traum: ›Wieso bist du nicht mit von der Partie, wenn du sie liebst‹, sagt sie, als sie Albert das Essen hinstellt. Er legt die Zeitung zusammen, sagt: ›Ich will mich für mich entscheiden. Ich will mich für ein Leben entscheiden dürfen.‹ Er nimmt Messer und Gabel auf. ›Schau sie dir an, mit ihr geht das nicht.‹

Martha geht an den Kühlschrank, entkorkt einen Champagner, gießt zwei Gläser ein und setzt sich an den Tisch.

›Es ist anders bei ihr‹, sagt Martha. ›Bei ihr fließen die Zeiten zusammen. Prost, Albert, schau mich an. Ich bäume mich nicht auf, was sie betrifft, weil ich weiß, dass sie es ist, die ich gesucht habe. Prost, Albert, hab dich nicht so.‹«

»Hab dich nicht so«, wiederholte der Antiquar und klopfte Albert auf die Schulter, und er: »Sie hat einen längeren Atem als ich, das ist richtig. Ich habe mich nicht mit Martha streiten wollen, wer den Zugriff behält auf dieses Wesen, das ohne Zuwendung nicht denken kann. Dieses Lichtgewächs, schwarz wie die Nacht finster, Martha ihre Schwester und ich, der den Acker bestellt. Ich habe in deine Augen gesehen und wusste: Du bist weg. Ich hatte mich auf Dinge verlassen, die für dich noch nie eine Bedeutung gehabt hatten.«

»Ja«, erwiderte ich, »ja.«

Ich sagte: »Martha hat mir immer beteuert, dass es nicht aus dem Ruder laufen würde. Sie hat immer gesagt: ›Du brauchst keine Angst haben.‹ Eines weiß ich mittlerweile: Es war ihre Wahrnehmung, die ich eingenommen hatte. Es ist zu spät. Und so sitzen wir hier.«

»Und weiter?«, fragte der Wirt.

Und ich: »Ich liebte ihre Einsamkeit, und er liebte meine. Ein schönes Gleichgewicht, dachte ich noch, doch ich stürzte in meine Moral und fing an zu denken: Zerstreut euch in den Wind, Gefährten, für wen denn lohnt es sich? Es muss einen Code geben für die Hinterlassenschaft, weil auch der Tod kritisierbar sein muss. Ich möchte nicht auf die Selbstlosigkeit anderer angewiesen bleiben. Wenn ich nicht dazu komme zu erfahren, was ich ertragen kann, wie soll ich dann wissen, was ich ertragen kann? Ich habe einen Neid auf die Generation, die nicht gefragt wurde, doch ich wünschte, sie ginge besser mit mir um. Da wird es dann grenzenlos biblisch. Das vierte Gebot, das nach Verrat schreit, weil es vom Leid der

Nachkommen ablenkt. Ich kann diesem Schmerzwettbewerb nichts abgewinnen. Ich bin die Anwältin der Verräter, weil ich spüre, dass sie selbst Betrogene sind. Ich habe versucht, mich für sie schänden zu lassen, doch meine Bringschuld hat die falsche Adresse. Das merke ich, wie ich hier bei euch sitze.«

»Du machst doch alles richtig«, sagte Albert.

Ich fuhr fort: »Nachdem ich aufgestanden war, verbrachte ich den Vormittag damit, alte Briefe zu lesen. Ich wollte mich in ihnen auffinden, da ich seit Längerem befürchtete, vom Weg abgekommen zu sein, und die Erleichterung darüber, dass ich die Person kannte, an die diese Briefe gerichtet waren, nicht allein das: Tatsächlich war ich es selbst, worüber ich las in jenen Stunden, beflügelte mich bis hin zu einem Zustand des Glücks. Die Briefe schienen mir triftiger als das ewige Befragen der Freunde. Es war eingerissen, dass ich sie zum Zwecke der Selbstbespiegelung gebrauchte. Ich gab den Gesprächen die Kleidung der Auseinandersetzung, in der jeder das Gefühl haben konnte, man bewege sich fort, und wenn es dann auch noch lauter zuging, lebendig nannte man das, oder: Ich nannte es so, wenn ich später zu Bett ging, hatte ich die Fassade meiner Entwicklungsfähigkeit gewahrt, und jeder sah in meinen Weltdurchleuchtungsreden ein Zeichen der Stärke, dabei saß ich nur die Zeit ab im Warten auf das Ende meiner Spielregeln. Einer, den ich dazu verleitet hatte, sich in mich zu verlieben, schrieb in ironischem Ton, es sei alles nur eine Wette gewesen, nun sei es zu spät, er käme da ohne meine Hilfe so schnell nicht heraus. Ein anderer hatte sich lustvoll unterworfen, ein anderer war in Konkurrenz gegangen und hatte ans Ende gesetzt: *Take care,* und ich wusste, dass ich das damals verstanden hatte. Das unsichere Glück dieses Vormittags bestand darin, dass ich meiner Eigenschaften müde war.«

Der Antiquar sagte, es sei kompliziert.

Ich sagte: »In meinem Traum gehe ich in die Küche, sehe Albert und Martha am Tisch zusammen trinken, obwohl sie nichts gemein haben. Ich sage: ›Ich verstehe nicht, warum alle Welt die Freiheit der Jugend im Mund führt. Ich habe lange darüber nachgedacht und komme zu dem Schluss: Ich lebe im perfidesten aller Systeme seit Menschengedenken. Ich habe die Wahl, weil ich jung bin, doch ich bin damit beschäftigt, die Begabungen, die mir eingeredet wurden, loszuwerden. Ehe ich mir darüber klar werde, sind Jahre vergangen, und das Rebellische, das dann zum Vorschein kommt, ist meinem Alter nicht mehr angemessen. Obwohl ich jung genannt werde, geht es so weit, dass ich meine Revolte, die nicht sichtbar ist, lächerlich finde. Meine Entwicklung verläuft umgekehrt proportional zu meiner Biografie, vor allem, wenn ich in die Geschichtsbücher sehe, doch ich weiß: Es ist infantil, die Autorität herbeizusehnen, nur weil es ohne sie keine Existenzberechtigung zu geben scheint. Je reifer der Geist wird, desto rudimentärer die Sehnsüchte seines Körpers. All jenen, die meine Freiheit beschneiden, habe ich bereits gesagt: Ich lege keinen Wert mehr auf dich. Das hat zu einer Zweideutigkeit geführt. Es gibt nichts mehr, was mich hindert, aber ich sehe nicht, wie ich es anstellen soll, ohne gegen einen Meister zu leben. Ich bin mein eigener Herr. Ich vertrage das nicht. Ich möchte meinem Herrn gefallen, aber ich kann mir nicht selbst schmeicheln. Ich weiß nicht, was mich noch bewegen kann. Dann fange ich an, von der Liebe zu reden, doch auch sie tickt unter anderen Vorzeichen. Es ist Zeit für die Anbetung, denke ich, doch ich muss ehrlich bleiben und erkennen: Das ist eine Verbarrikadierung.‹ Puh, was für ein Traum. Ich möchte ein Mensch werden«, fügte ich hinzu. »Albert und Martha aber sagen: ›Immer schon bist du einer gewesen. Wir haben dir mitgegeben, was du brauchtest. Wir sprechen dich frei von unseren Verbrechen, und die Demütigungen, unter denen wir gelitten haben, legen wir nicht dir zur Last. Wir sagen: Nicht du hast uns den Diktator gewählt, das waren unsere Eltern, und es liegt auch nicht an dir, dass wir die Außenseiter immer noch als solche benennen. Wir sagen: Schuldloser als du kann keiner sein, doch wir verpflichten dich, uns in Liebe zu begegnen. Weil wir dich brauchen. Weil wir bestimmen, welcher Gestalt sie ist. Weil du nichts musst außer sie anzuerkennen.‹

Es ist eine Arbeit hinaus aus dem Leben, nicht hinein, wie ich finde.«

»FICKEN, FOTZE, QUARK, UND alles für ne Mark«, sagte Albert.

»Wo soll er hin mit seiner Kraft«, sagte der Antiquar und goss Albert einen Schnaps ein. »Ein Mensch muss sich auskennen dürfen in seinen Verhältnissen, wenn er gesund bleiben will.«

Und ich: »Jedenfalls: Den Nachmittag verbrachte ich in einer herrlich geistlosen Laune, die ich zu einem ausgedehnten Spaziergang durch die Stadt nutzte. Einzig mein steifer Nacken erinnerte mich daran, dass es die Wirklichkeit war, in der ich mich bewegte. Am Eingang einer Badeanstalt, die einmal für das preußische Proletariat gebaut worden war, lief mir ein ausnehmend hässlicher Hund in die Beine, der mir beim anschließenden Gang durch den Volkspark nicht von der Seite wich. Ich erkannte die plötzliche Treue nicht nur an seinem wedelnden Schwanz, sondern vor allem an seiner Apportierlust, die sein Fell violett zu färben schien. Ich setzte mich auf eine Bank, wartete, und als er mir etwas Geeignetes brachte, ein Gebilde aus Plastik, das einmal ein Ball gewesen sein musste, erlöste ich ihn, nahm es dem Hund aus der Schnauze, machte Täuschungsmanöver, wie ich sie bei anderen Hundehaltern gesehen hatte, und warf schließlich so weit, wie ich es im Sitzen konnte. Das Tier hatte einen eigentümlichen Gang, der auf einen Hüftfehler schließen ließ. Es war kein Hinken, sondern ein Drehen, das sich innerhalb des Skeletts abspielte. Vielleicht ein nicht behandelter Bandscheibenvorfall, dachte ich und über die Rührung nach, die der Hund in mir auslöste. Über die ich in Verwunderung geriet, weil ich zum einen noch nie an der Verabscheuungswürdigkeit dieser Tiere gezweifelt hatte, zur Ignoranz ihnen gegenüber jedoch ebenfalls nicht in der Lage gewesen war, und als ich diesem hässlichen Hund ein ums andere Mal den verwitterten Ball aus der Schnauze nahm, sprach: Sitz, oder mein dummes, altes: Unterwirf dich, über das ich mich mein Leben lang amüsiert hatte, bemerkte ich, als ich ausholte und warf und auf das Herbeibringen wartete, dass die Bezugnahme dieses Geschöpfes würdevoller war als alles, was ich an mir jemals erhaben erlebt hatte.«

»Ja, die Tiere«, murmelte der Wirt.

»Mit einem Klopfen bat ich den Hund auf meine rechte Seite. Ich wollte ihn genauer betrachten. Es war vor allem das Charakteristikum Gang, das ich ausschließen wollte. Jemandem gerecht werden, ging mir durch den Kopf, als ich ihm über das Fell strich, das tatsächlich violett schimmerte. Wie die Messdienerschärpen, habe ich noch gedacht, die ich zur Fastenzeit um den Hals hatte.«

Ich kippte einen Kurzen. Dann sagte ich, mit Blick auf das Licht, das sich allmählich vor den Fenstern erhob: »Seine Augen standen zu schräg, um die Schönheit zu vermitteln, die man von Katzengesichtern kennt. Die Schnauze war stumpf genug, um Eleganz zu verhindern, und die Ohren waren an den Rändern zerfranst, was den Eindruck vermittelte, das Tier habe Läuse. Es wäre falsch gewesen zu sagen, ich hätte Freundschaft geschlossen, doch ich fühlte einen leisen Schmerz in mir aufkeimen, als der distinguierte Herr sich näherte, einen imaginären Hut zog, sagte: ›Guten Tag‹, und ich die Hand, die ich werweißwielang auf dem Hund hatte liegen lassen, zurückzog.

›Der Blick vom Fernsehturm über die Stadt ist fantastisch‹, sagte ich unvermittelt, um zu verhindern, dass der Herr das Tier in meiner Anwesenheit mit Namen ansprach. Ich entfernte mich so bestimmt, wie ich konnte, ein wenig schwankend.

AM ENDE WIRD SIE den Brief unterzeichnet haben«, sagte ich und legte ihn neben die Pistole auf den Tisch, zwischen die Schnapsgläser. »Sie wird unterzeichnet haben, wie es hier geschrieben steht«, sagte ich und las vor:

> *»Martha R., geboren am Siebten Oktober Neunzehnhundertsiebzig, die als eine andere hätte in die Welt kommen mögen, die eine andere hatte werden wollen, doch da gab es einen, der was mit ihr vorhatte, und sosehr sie sich auch angestrengt hatte, es auszufüllen, dem Auftrag hatte sie nachkommen wollen, doch sosehr bzw. umso mehr bzw. desto weniger es ihr gelungen war, Blitzschlag Erkenntnis usw., aber das wusste sie ja bereits, bevor sie geboren wurde: Martha R., die nicht verstehen konnte, woran sie sich erinnerte, weil das, woran sie sich erinnerte, nicht in ihrem Leben stattgefunden hatte. Sie hatte zu suchen angefangen im Leben der anderen, in derer Leben, die sie damals kannte, doch nie lernte sie jemanden kennen, der das erlebt hatte, woran sie sich erinnerte, täglich.*

Selbst im Leben ihrer Schwester fand sich kein Hinweis darauf, was in ihr in einer Tour blühte, und die Schwester hatte immer gesagt: Beruhige dich, ich habe noch nie von einem solchen Menschen gelesen, aber auch das konnte sie nicht besänftigen. Es kam dahin, dass die Erinnerungen, sie fand keinen besseren Ausdruck für die Bilder, die unscharf in ihr aufstiegen, Ahnungen vielleicht von einem Zustand, der formlos war, und da gab es dann die Furcht. Hätten diese Dinge den Hauch eines Randes, eine Umrisslinie besessen, sie hätte sie anfassen können mit ihrer Marthahand. Es kam dahin, dass sich sogar die Stimmen von ihr abwandten, und an dem Tag, als nichts mehr zu ihr sprach, war es vorüber. Dass die Erinnerungen sie erdrückten. Und die Schwalben sind da. Und vom Gebirge fliegt er herab. Und dieser Sonntag peitscht mich weiß. Das hat es mit uns auf sich.«

Ich faltete den Brief zusammen, steckte ihn in das Kuvert, auf dem mein Name stand. Der Wirt goss nach, sagte, er habe es in der Zeitung gelesen, die Ambulanz fahren hören, letzten Sonntag, und wenn die am Sonntag ausrücke, habe er immer ein mulmiges Gefühl.

»Üblicherweise gehen sie ins Holz hinaus«, unterbrach ihn der Antiquar. Dieses Völkchen komme aus dem Holz und gehe dorthin zurück, wenn es Zeit sei, vor der Zeit zu gehen, sagte er und begeisterte sich über sein kleines Wortspiel.

»Die Zeit vor der Zeit«, wiederholte er und weitete bedeutsam seine Pupillen. Sofort schaltete sich Albert, der Pointen liebte, ein. Die am meisten, die er selbst setzte.

Offenbar sei ein Zeitenwechsel am Werk, flocht er ein, zumindest sei es bemerkenswert, wenn die Selbstmörder eines Landstrichs die Todesart änderten. Dies sei offenbar nicht die Gegend der Hilferufer, Tablettenschlucker, des Gifts im

Allgemeinen, der großen Inszenierer auf öffentlichen hohen Gebäuden auch nicht, von denen sie dann unter den Augen der Bevölkerung heruntergeholt würden.

Das sei offenbar nicht die Sache der hier Ansässigen, er kenne das von dort, wo er herkomme: ein Volk der Macher, nicht der Verzagten, und dennoch sei es bemerkenswert, dass sogar eine Frau, »sogar eine Frau«, wiederholte er langsam, dass eine Frau derart Schluss mache, zack, das sei ungewöhnlich. Frauen, das Geschlecht, das ankündige, drohe, erpresse, den Worten aber keine Taten folgen lasse, ohne zuvor jahrelang Alarm geschlagen zu haben, und selbst dann nicht.

»Das ist wirklich ungewöhnlich«, schloss er, und der Antiquar nickte zustimmend.

Ich wandte den Blick auf den Wirt, der betreten auf den Boden starrte. Ich nahm die Schnapsflasche, goss uns nach und sagte zu Albert: »Bei euch in Dresden gehen sie ins Wasser.«

Wir schwiegen, bis Albert sagte, er müsse die Toilette benutzen. Er erhob sich schwankend.

»Puh«, stieß er noch aus.

Ich nahm die Pistole vom Tisch, fuchtelte mit ihr herum.

Ich sah zu Albert hinüber, der mit schweren Schritten durch den Raum ging. Ich sah auf seinen Rücken, streckte den Arm aus und zielte. Draußen dämmerte es. Ich hatte Mühe, Alberts Rücken zu fixieren. Es war, als wäre das, was ich sah, schon Vergangenheit. Die optische Qualität der Dinge, die ich sah, vor allem Alberts Rücken, verschwamm im selben Augenblick, wie ich ihrer gewahr wurde, zu einer bloßen Mischung aus Farbpunkten. Die Dinge hatten keine klare Kontur, die Formen keine Grenzen, die sie voneinander unterschieden. Ich sah mich im Fotoalbum meines Lebens auftauchen. Ich sah Alberts Körper am anderen Ende des Raumes. Er bewegte sich, auf dem Weg zur Toilette, das wusste ich. Ich hielt die Pistole in seine Richtung, spielte mit der Kuppe des Zeigefingers am Abzug. Als der Antiquar dazwischenging, sagte: »Lass den Unfug«, lachte ich bitter. Ich war nicht in der Lage zu widerstehen. Ich hatte mich reif gemacht.

»Ich habe mich reif gemacht«, rief ich zu Albert hinüber. Es war nicht plötzlich, dass er vor mir stand, sich auszog und sich in mich drängte. Während sein Urin warm aus meinem Mund tropfte, sah ich ihm in die Augen. Er weinte heftig, tränenlos. Ich wurde nass. Es gab keine Spielregeln mehr.

12

SPÄTER LAG ICH AM Bordstein. Die ersten Sonnenstrahlen schienen mir ins Gesicht. Ich blinzelte in den Himmel. Keine Sterne, nur meine eigene Rotation. Ich hob die Hand, die die Pistole noch fest umschlossen hielt. Ich drückte ab. Tatsächlich löste sich ein Schuss. Ich horchte dem Knall hinterher, dachte noch: Liebespaar geht an Kneipe vorbei, ja, ein alter Witz. Ich dachte auch: Es geht mir besser. Die Geschehnisse waren nicht unheimlich, nicht außergewöhnlich. Sie waren, was sie waren.

Ich dachte an die Kugel und hoffte, sie würde ins Herz dieser Morgensonne schlagen. Da war nur ich. Und der Planet.

Foto: Juliane Henrich

Donata Rigg

*1976 in Konstanz, lebt und arbeitet in Hamburg. Sie studierte Theaterwissenschaften, Neuere Deutsche Literatur und Philosophie an der Humboldt Universität Berlin, danach am Deutschen Literaturinstitut in Leipzig. Sie arbeitete als Regieassistentin und Dramaturgin am Theater, als Drehbuchlektorin und als freie Journalistin. Donata Rigg war u. a. Stipendiatin der Kunststiftung Baden-Württemberg, der Akademie Schloss Solitude und erhielt den Künstlerförderpreis der Stadt Friedrichshafen. Nach Veröffentlichungen in Zeitschriften, Zeitungen und Anthologien ist »Weiße Sonntage« ihre erste Buchveröffentlichung.
www.donatarigg.de